ALISTAIR MACLEAN

Nevada Pass

Alistair MacLean

Nevada Pass

Roman

Lichtenberg Verlag

Die Originalausgabe ist im Verlag Collins, London,
unter dem Titel »Breakheart Pass«
erschienen.
Die Übersetzung aus dem Englischen besorgten
Georgette Skalecki und Erika Nosbüsch

Redaktion: G. Skalecki
Korrekturen: M. Flach
Einbandgestaltung: H. Numberger
Gesamtherstellung: Welsermühl, Wels
Printed in Austria
ISBN 3 7852 1166 X

Die Personen der Handlung

John Deakin	*ein Revolverheld*
Colonel Claremont	*US-Kavallerist*
Colonel Fairchild	*Kommandant von Fort Humboldt*
Gouverneur Fairchild	*Gouverneur von Nevada*
Marica Fairchild	*Nichte des Gouverneurs und Tochter von Colonel Fairchild*
Major O'Brien	*Adjutant des Gouverneurs*
Nathan Pearce	*Marshal der US-Armee*
Sepp Calhoun	*ein ziemlicher Schurke*
White Hand	*Häuptling der Paiute*
Garritty	*ein Spieler*
Rev. Theodore Peabody	*zukünftiger Seelsorger in Virginia City*
Doktor Molyneux	*Arzt der US-Armee*
Chris Banlon	*Lokomotivführer*
Carlos	*Koch*
Henry	*Steward*
Bellew	*Sergeant der US-Armee*
Devlin	*Bremser*
Rafferty	*Soldat*
Ferguson, *Carter*, *Simpson*	*Telegraphisten der US-Armee*
Benson, *Carmody*, *Harris*	*drei kleinere Schurken*
Captain Oakland, *Lieutenant Newell*	*passiv, aber wichtig*

Die folgenden Daten stehen in engem Bezug zur Wahl des Jahres 1873 als Zeitpunkt dieser Geschichte:

Goldrausch in Kalifornien	1855–75
Entdeckung der Goldader von Comstock	1859
Unruhe unter den Indianern Nevadas	1860–80
Nevada wird Bundesstaat	1864
Bau der Union Pacific Railway	1869
Goldgrube entdeckt	1873
Cholera in den Bergen	1873
Herstellung der ersten Winchester-Repetierbüchsen	1873
Gründung der Universität von Nevada (Elko)	1873
Feuersbrunst in Lake's Crossing, dem späteren (1879) Reno	1873

PS. Es mag seltsam erscheinen, daß bei Ausbruch einer Choleraepidemie Truppen der US-Armee eingesetzt wurden, aber in Nevada wurde erst 1893 ein staatlicher Gesundheitsdienst errichtet.

Plan des Eisenbahnzuges

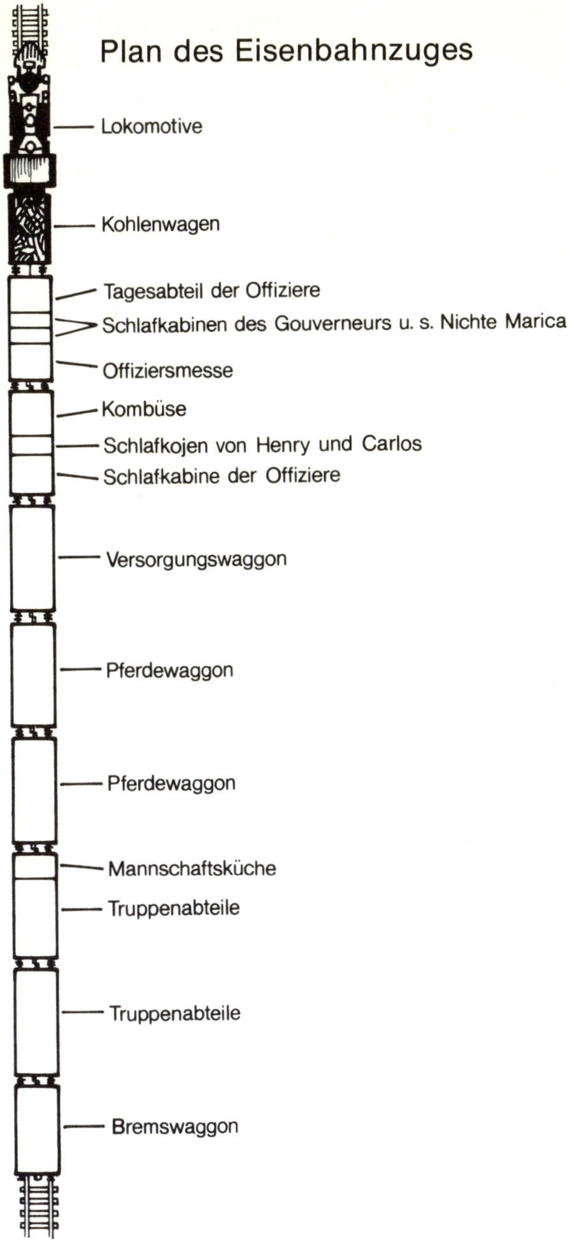

1

Der Saloon, der zu dem Hotel gehörte, das nicht so wirkte, als habe es den Namen »Imperial« jemals zu recht gehabt, machte einen erdrückend trostlosen Eindruck. An den schmuddeligen, rissigen Wänden hingen in willkürlichem Durcheinander vergilbte Bilder von Männern, die durchwegs wie walroßbärtige Desperados aussahen und bei deren Betrachtung man unwillkürlich die dazugehörigen Fahndungsangaben vermißte. Die reichlich mitgenommenen, unglaublich verbogenen Fußbodenbretter hatten eine Farbe, im Vergleich zu der der Anstrich der Wände geradezu frisch erschien. Überall standen ganz offensichtlich häufig verfehlte Spucknäpfe, und die dunklen Flecken unter den Zigarettenstummeln, die zu Hunderten auf dem Boden lagen, zeugten davon, daß die Besucher dieses Etablissements keine übertriebene Angst vor Zimmerbränden hatten. Die Schirme der Petroleumlampen waren ebenso wie die Decke des Raumes rußgeschwärzt und der große Spiegel an der Wand hinter der Theke war halbblind vor Schmutz. – Alles in allem war das Luxushotel von Reese City mit seinem Saloon nicht gerade das, was sich ein erschöpfter Reisender erträumte. Und was die Gäste betraf, so sahen die meisten von ihnen nicht so aus, daß man sich gerne zu ihnen an den Tisch gesetzt hätte. Es waren fast ausnahmslos schäbig gekleidete, unrasierte ältere Männer, die mit trostlosen Mienen in ihre Whiskygläser starrten, als sähen sie auf deren Boden ihre nicht minder trostlose Zukunft vor sich.

Der Barkeeper, ein kurzsichtiges Individuum, mit einer Schürze, die er – vermutlich um dem Problem zu begegnen, das es bedeutete, sie von Zeit zu Zeit waschen zu müssen – schon vor langer Zeit genialerweise schwarz eingefärbt hatte, schien sich auch nicht viel wohler zu fühlen: Mit mißmutigem Gesicht versuchte er mit Hilfe eines geradezu antiken Handtuchs, an dem man nur bei ganz genauem Hinsehen ein paar Stellen entdecken konnte, die darauf schließen ließen, daß es ursprünglich einmal weiß gewesen war, ein mehrfach gesprungenes und angeschlagenes Glas auszupolieren.

Im ganzen Saloon gab es nur einen einzigen Tisch, an dem gesprochen wurde. Er stand in der Nähe der Tür und an ihm saßen sechs Leute – drei von ihnen mit dem Rücken zur Wand auf einer hochlehnigen Bank. Der Mann, der auf der Bank in der Mitte saß, war fraglos die dominierende Persönlichkeit der Runde. Er war groß und schlank und tief gebräunt und die vielen kleinen Fältchen um seine Augen deuteten darauf hin, daß er einen Großteil seines Lebens in der Sonne verbracht hatte. Er trug die Uniform eines Colonels der US-Kavallerie, war ungefähr fünfzig Jahre alt, ungewöhnlicherweise glatt rasiert und hatte unter einer nur mühsam gebändigten, silbergrauen Mähne ein scharf geschnittenes und intelligentes Gesicht, dessen Ausdruck in diesem Augenblick kaum als entgegenkommend zu bezeichnen war.

Sein Blick war auf einen Mann gerichtet, der ihm gegenüber am Tisch stand – ein großer, kräftig gebauter, ganz in schwarz gekleideter Bursche mit finsterer Miene und einem haarfeinen, schwarzen Oberlippenbärtchen. Auf seiner Brust glitzerte die Plakette, die ihn als US-Marshal auswies. Er sagte: »Aber Colonel Claremont, unter Umständen wie diesen ist es doch zweifellos –«

»Vorschriften sind Vorschriften«, unterbrach ihn Claremont und man merkte ihm deutlich an, daß er gewohnt war, daß seine Autorität respektiert wurde. »Armeeangelegenheiten sind Armeeangelegenheiten. Zivile Angelegenheiten sind zivile Angelegenheiten. Es tut mir leid, Marshal – äh –«

»Pearce. Nathan Pearce.«

»Natürlich. Selbstverständlich. Entschuldigen Sie. Ich hätte es wissen müssen.« Claremont schüttelte bedauernd den Kopf, aber in seiner Stimme lag nicht die Spur von Bedauern. »Es ist ein Truppentransport. In diesem Zug werden keine Zivilisten befördert – außer mit besonderer Genehmigung von Washington.«

Pearce sagte freundlich: »Stehen wir nicht gewissermaßen alle im Dienste der Regierung?«

»Nach den Armeebestimmungen nicht!«

»Ich verstehe«, nickte Pearce, aber er sah nicht so aus, als verstünde er es tatsächlich. Er betrachtete nachdenklich die übrigen fünf, darunter eine junge Frau: niemand trug eine Uniform. Schließlich blieb sein Blick an einem kleinen schmächtigen Mann mit hoher gewölbter Stirn und beginnender Glatze hängen, der einen Gehrock und einen Priesterkragen trug und ständig so aussah, als fürchte er sich. Er wand sich förmlich unter dem durchdringenden Blick des Marshals, und sein vorspringender Adamsapfel bewegte sich auf und ab, als schlucke er unentwegt.

Claremont, der Pearce' Blick bemerkt hatte, erklärte kühl: »Reverend Theodore Peabody hat sowohl eine ausdrückliche Genehmigung als auch besondere Fähigkeiten.« Es war klar erkennbar, daß Claremont große Achtung vor dem Priester hatte. »Sein Vetter ist der Privatsekretär des Präsidenten. Reverend Peabody wird als Seelsorger in Virginia City arbeiten.«

»Er wird was?« Pearce streifte den sich nun buchstäblich windenden Priester mit einem Blick und wandte sich dann fassungslos an Claremont: »Das ist doch der helle Wahnsinn! Da hätte er ja sogar bei den Paiute-Indianern bessere Überlebenschancen.«

Peabody fuhr sich nervös mit der Zunge über die Lippen: »Aber – aber es heißt doch, daß die Paiute jeden weißen Mann sofort töten.«

»Nein, nicht sofort. Meistens ziehen sie die Sache ganz schön in die Länge.« Pearces Blick wanderte weiter. Neben dem jetzt regelrecht entsetzten Geistlichen saß eine massige Gestalt in einem großkarierten Anzug, deren mächtiger Schädel zu ihrem Körperbau paßte. Der Mann lächelte breit und sagte mit dröhnender Stimme: »Dr. Edward Molyneux, wenn's recht ist, Marshal.«

»Ich nehme an, Sie fahren ebenfalls nach Virginia City. Sie werden alle Hände voll damit zu tun haben, Totenscheine auszufüllen. Und ich fürchte, Sie werden nur höchst selten natürliche Todesursachen angeben können.«

Molyneux erwiderte gespielt hoheitsvoll: »Derartige Stätten des Lasters betrete ich nicht. Ich bin als Arzt nach Fort Humboldt verpflichtet. Daß ich keine Uniform trage, liegt daran, daß man bislang noch keine gefunden hat, in die ich hineinpasse.«

Pearce nickte, wechselte höflichkeitshalber noch ein paar Worte mit dem Arzt und ließ dann den Blick weiterwandern. Mit leicht gereizter Stimme sagte Claremont: »Ich werde Ihnen die Mühe eines individuellen Verhörs ersparen, aber nicht, weil ich der Ansicht bin, daß wir dazu verpflichtet sind, sondern aus reiner Höflichkeit.« Falls Claremont dies als Zurechtweisung gemeint hatte, kam er nicht in den Genuß einer Reaktion. Er wies auf den Mann zu seiner Rechten, eine imposante Erscheinung mit langem, weißem Haar, Schnurrbart und Bart, die so aussah, wie man sich einen Senator vorstellt. Abgesehen von dem Bart hatte er eine geradezu verblüffende Ähnlichkeit mit Mark Twain. Claremont sagte: »Gouverneur Fairchild von Nevada kennen Sie sicher.« Pearce nickte und wandte seine Aufmerksamkeit dann der jungen Frau zu, die links neben Claremont saß. Sie war ungefähr Mitte Zwanzig, hatte ein blasses Gesicht, rauchfarbene Augen, und die Haare, die sich aus der strengen Frisur gelöst hatten und unter dem breitkrempigen grauen Filzhut hervorragten, waren schwarz wie die Nacht. Sie saß zusammengekauert da und hatte sich ganz fest in ihren grauen Mantel gewickelt: Der Besitzer des Hotels Imperial war nicht bereit, seine Verdienstspanne dadurch zu reduzieren, daß er die Brennstoffvorräte für den Holzofen über Gebühr beanspruchte. »Miss Marica Fairchild, die Nichte des Gouverneurs«, erklärte Claremont.

»Aha!« Pearce blickte von ihr zum Colonel. »Der neue Quartiermeister?«

Claremont erwiderte kurz: »Sie zieht zu ihrem Vater, dem Kommandanten von Fort Humboldt. Rangältere Offiziere haben dieses Privileg.« Er deutete auf den Mann zu seiner Linken: »Der Adjutant des Gouverneurs und sein Verbindungsoffizier zur Armee, Major Bernard O'Brien. Major O'Brien hat –«

Er brach ab und sah Pearce neugierig an: Pearce ließ den Blick nicht von O'Brien, einem stämmigen, sonnengebräunten Mann mit einem runden, fröhlichen Gesicht. O'Brien erwiderte den Blick mit wachsendem Interesse und sprang schließlich in plötzlichem Wiedererkennen auf. Die beiden Männer schüttelten sich strahlend die Hände und schlugen sich gegenseitig auf den Rücken. Die Stammgäste des Hotels Imperial betrachteten die Szene voller Staunen: Keiner der Anwesenden konnte sich erinnern, daß Major Nathan Pearce jemals auch nur andeutungsweise irgendwelche Gefühle geäußert hatte.

O'Brien war hell begeistert. »Sergeant Pearce! Ich hätte Sie nie erkannt. In Chattanooga war Ihr Bart doch –«

»Fast so lang wie der Ihre, Lieutenant.«

»Major«, korrigierte O'Brien mit gespielter Strenge und fügte traurig hinzu: »Die Beförderung kommt langsam, aber sie kommt. Nathan Pearce! Der beste Scout der Armee, der tapferste Kämpfer gegen die Indianer, der treffsicherste Schütze –«

Pearce winkte ab: »Nach Ihnen, Major, nach Ihnen. Erinnern Sie sich noch an den Tag, als –« Die beiden Männer hatten einander die Arme um die Schultern gelegt und offensichtlich jedes Interesse an dem Rest der Gesellschaft verloren. Sie steuerten auf die Bar zu, die eine derartige architektonische Mißgeburt war, daß ihre schäbige Pracht schon wieder eine gewisse Bewunderung verdiente: Sie bestand aus drei gewaltigen und vermutlich gewaltig schweren Eisenbahnschwellen, die auf zwei beängstigend wackligen Böcken ruhten, die aussahen, als würden sie jeden Augenblick unter ihrer Last zusammenbrechen. Ursprünglich war diese bestechend einfache Konstruktion oben mit grünem Linoleum verkleidet und an drei Seiten hinter bodenlangen Samtvorhängen verborgen gewesen. Aber die Zeit war an Linoleum und Samt nicht spurlos vorübergegangen, und die Geheimnisse des genialen Innenarchitekten waren inzwischen für jedermann sichtbar, aber die Gebrechlichkeit der Theke hielt Pearce nicht davon ab, die Ellbogen auf die Bar zu stützen und dem Glaspolierer ein Zeichen zu geben. Die beiden Männer begannen sich leise zu unterhalten.

An dem Tisch neben der Tür verharrten die fünf, die zurückgeblieben waren, eine Weile in Schweigen, bis Marica Fairchild schließlich leicht verwirrt sagte: »Was meinte der Marshal, als er sagte ›nach Ihnen‹? Ich meine, sie sprachen doch von Scouts und Kämpfen gegen die Indianer und vom Schießen, und, na ja, der Major kann doch kaum etwas anderes als Formulare ausfüllen, irische Lieder singen, seine abscheulichen Geschichten erzählen und –«

»Und schneller einen Menschen töten als jeder, den ich kenne. Stimmt's, Gouverneur?« sagte der Colonel.

»Es stimmt.« Der Gouverneur legte seiner Nichte die Hand auf den Arm. »Im Sezessionskrieg war O'Brien einer der höchstdekorierten Offiziere der Unionsarmee, meine Liebe. Wie – hm – geschickt er im Umgang mit Gewehr und Revolver ist, muß man gesehen haben, um es zu glauben. Major O'Brien ist mein Adjutant, das ist richtig, aber ein Adjutant ganz besonderer Art. Oben in den Gebirgsstaaten hat die Politik – und schließlich *bin* ich ein Politiker – nicht selten – wie soll ich sagen? – manchmal recht handfeste Begleiterscheinungen. Aber solange Major O'Brien bei mir ist, beunruhigen mich die Aussichten auf Gewalttätigkeit nicht.«

»Du meinst, es wäre möglich, daß jemand auf dich losginge? Hast du denn Feinde?«

»Feinde!« Der Gouverneur schnaubte. »Kein wahrheitsliebender Gouverneur westlich vom Mississippi kann von sich behaupten, keine zu haben.«

Marica sah ihn unsicher an, dann wanderte ihr Blick weiter

zu O'Briens breitem Rücken und der ungläubige Ausdruck auf ihrem Gesicht vertiefte sich noch. Sie wollte etwas sagen, aber dann überlegte sie es sich anders, denn O'Brien und Pearce kehrten mit ihren Gläsern in der Hand an den Tisch zurück. Sie sprachen jetzt ernsthaft miteinander, und Pearce war offenbar ziemlich gereizt. O'Brien versuchte ihn zu beschwichtigen.

Pearce sagte: »Aber zum Teufel, O'Brien, Sie wissen doch, wer dieser Sepp Calhoun ist. Er hat getötet, Poststationen und Züge überfallen, Grenzlandkriege angezettelt und den Indianern Gewehre und Whisky verkauft.«

»Wir wissen alle, wer er ist.« O'Brien war ungemein friedfertig. »Wenn je ein Mann verdient hat, gehenkt zu werden, dann Calhoun. Und er wird bekommen, was ihm zusteht.«

»Erst wenn ein Vertreter des Gesetzes ihn in die Hände bekommt. Und der bin ich! Sie und Ihre Leute haben damit nichts zu tun. Calhoun sitzt in Fort Humboldt in Haft, und ich will nichts weiter als ihn abholen.«

»Sie haben gehört, was der Colonel sagte, Nathan.« O'Brien wandte sich an Claremont. Es war ihm deutlich anzumerken, wie unbehaglich er sich fühlte. »Glauben Sie, wir könnten diesen Verbrecher unter militärischer Bewachung nach Reese City zurückbringen lassen, Sir?«

»Das läßt sich arrangieren«, sagte Claremont ohne zu zögern.

Pearce sah ihn an und sagte süffisant: »Haben Sie nicht vorhin gesagt, dies sei keine Angelegenheit der Armee?«

»Ja. Und daran hat sich nichts geändert. Ich tue Ihnen lediglich einen Gefallen. Aber nur diesen einen, Marshal.« Er zog gereizt seine Taschenuhr heraus und warf einen kurzen Blick darauf. »Sind diese verdammten Pferde immer noch nicht gefüttert und getränkt? Mein Gott, wenn man heutzutage in der Armee etwas getan haben will, muß man sich um alles selbst kümmern.« Er stieß seinen Stuhl zurück und stand auf. »Entschuldigen Sie mich, Gouverneur, aber wir müssen in einer halben Stunde abfahren. Ich bin gleich zurück.«

Pearce nahm O'Brien am Arm und zog ihn zur Bar: »Wir müssen uns beeilen – wir haben schließlich nur eine halbe Stunde, um zehn Jahre nachzuholen.«

»Einen Augenblick noch, meine Herren!« Der Gouverneur griff in seine Aktentasche und holte ein versiegeltes Päckchen heraus. »Das hätten wir beinahe vergessen, Major.«

»Vor lauter Wiedersehensfreude«, sagte O'Brien und gab das Päckchen an Pearce weiter. »Der Marshal von Ogden bat uns, Ihnen dies zu übergeben.«

Pearce bedankte sich mit einem Kopfnicken, und die beiden Männer setzten ihren Weg zur Bar fort. O'Brien ließ seine Blicke scheinbar ziellos umherwandern, aber seinen lächelnden Augen entging nichts. In den letzten fünf Minuten hatte sich nichts verändert, niemand schien sich bewegt zu haben – die alten Männer an der Theke und an den Tischen hätten ebensogut aus einem Wachsfigurenkabinett stammen können. Plötzlich ging die Tür auf und fünf Männer kamen herein, setzten sich an einen Tisch und einer von ihnen zog ein Kartenspiel aus der Tasche. Keiner von ihnen sprach ein Wort.

»Die Einwohner von Reese City sprühen ja förmlich vor Lebenslust«, bemerkte O'Brien ironisch.

»Alle lebenslustigen Einwohner, eingeschlossen einige, denen man in den Sattel helfen mußte – sind vor ein paar Monaten fortgeritten, als man in Comstock auf die große Goldmine gestoßen war. Übrig geblieben sind die alten Männer, und von denen gibt es weiß Gott nicht sehr viele, denn hierzulande ist es ziemlich schwierig, alt zu werden. Hier leben jetzt nur noch die Säufer und die Landstreicher, die Faulen und Tagediebe. Nicht daß ich mich beklage, aber Reese City braucht etwa genauso dringend einen Marshal wie der Gemeindefriedhof.« Pearce seufzte, hob zwei Finger, um dem Barkeeper klarzumachen, daß er zwei Gläser hinstellen sollte, zog ein Messer aus der Tasche, öffnete das Päckchen, das O'Brien ihm gegeben hatte, entnahm ihm einen Stoß Steckbriefe und breitete sie auf der Theke aus.

»Sie scheinen nicht sonderlich begeistert«, sagte O'Brien.

»Bin ich auch nicht. Wenn ich die Konterfeis bekomme, sind die Halunken meist schon ein halbes Jahr in Mexiko. Aber gewöhnlich stehen sowieso die falschen Namen unter den Bildern.«

Das Bahnhofsgebäude von Reese City befand sich ungefähr im gleichen Zustand wie die Bar des Hotels Imperial. Die heißen Sommer und eisigen Winter im Gebirge hatten auf den Holzwänden ihre Spuren hinterlassen, und obwohl es noch keine vier Jahre alt war, sah das Gebäude aus, als würde es jeden Moment in die Knie brechen, und an den ehemals goldenen Buchstaben, die besagten, daß man sich auf dem Bahnhof von Reese City befand, hatte sich die Witterung derart gütlich getan, daß sie so gut wie unlesbar waren.

Colonel Claremont schob das Stück Segeltuch beiseite, das die längst in ihren rostigen Angeln verrottete Tür ersetzte und rief nach dem Bahnhofsvorsteher. Es kam keine Antwort. Wäre der Colonel mit den Gepflogenheiten in Reese City vertrauter gewesen, hätte ihn dies nicht überrascht: Der Stationsvorsteher – einziger Angestellter der Union Pacific Railways in Reese City – war mit Ausnahme der Zeit, die er mit Schlafen, Essen und Abfertigen der Züge verbrachte, wobei letzteres nur sehr selten von ihm verlangt wurde und ihn freundliche Telegraphisten entlang der Eisenbahnlinie jeweils rechtzeitig darauf vorbereiteten, mit Sicherheit im Hinterzimmer des Hotels Imperial zu finden, wo er Whisky konsumierte, als koste er ihn keinen Pfennig – was auch den Tatsachen entsprach: Zwischen dem Hotelbesitzer und dem Stationsvorsteher bestand ein unausgesprochenes Abkommen – obwohl der gesamte Alkoholbedarf des Hotels mit dem Zug aus Ogden kam, hatte das Hotel seit nahezu drei Jahren keine Frachtrechnung mehr erhalten.

Zornig trat Claremont hinaus und blickte den Truppentransportzug entlang. An die Lokomotive und den Tender, die hoch mit Holzscheiten beladen waren, schlossen sich sieben Reisewagen und ein Bremswagen an. Daß der vierte und fünfte Waggon in Wirklichkeit nicht zur Beförderung von Personen gedacht waren, ging eindeutig daraus hervor, daß in beide je eine breite Rampe aus schweren Rundhölzern führte. Am Fuß der einen Rampe stand ein stämmiger, dunkler Bursche mit einem prächtigen Schnurrbart und hakte Punkte auf einer Liste ab, die er in der Hand hielt. Claremont ging mit schnellen Schritten auf ihn zu. Er hielt Bellew für den tüchtigsten Sergeant der US-Kavallerie, und Bellew seinerseits sah in Claremont den besten CO, unter dem er je gedient hatte, aber beide Männer gaben sich beträchtliche Mühe, die hohe Meinung, die sie voneinander hatten, voreinander zu verbergen.

Claremont nickte Bellew zu, stieg die Rampe hinauf und blickte ins Innere des Waggons. Ungefähr vier Fünftel des Raumes waren zu Pferdeboxen umfunktioniert worden und das letzte Fünftel reichte gerade zur Unterbringung des Futters und Wassers aus. Die Boxen waren leer. Claremont wandte sich an den Sergeant: »Wo sind die Pferde, Bellow? Und die Männer? Alle auf und davon, was?«

Bellew knüpfte seine Uniformjacke zu und sagte gelassen: »Die Pferde sind gefüttert und getränkt, Colonel. Und jetzt sind die Männer mit ihnen unterwegs – nach zwei Tagen in den Waggons brauchen sie Bewegung, Sir.«

»Da geht es mir nicht anders, nur habe ich keine Zeit dazu. Sehen Sie zu, daß Sie unsere vierbeinigen Freunde wieder in ihre Boxen kriegen – wir fahren nämlich in einer halben Stunde los. Reicht das Futter und Wasser für die Pferde bis zum Fort?«

»Jawohl, Sir.«

»Und der Proviant für die Männer?«

»Ebenfalls, Sir.«

»Und der Brennstoff für alle Öfen, auch für die in den Pferdewaggons? Oben in den Bergen wird es verdammt kalt.«

»Wir sind eingedeckt, Sir.«

»Ich hoffe es, ich hoffe es! Wo ist Lieutenant Oakland? Und Lieutenant Newell?«

»Kurz bevor ich die Pferde und die Männer zu den Mietställen hinüber brachte, waren sie noch hier. Ich sah, wie sie den Zug entlang gingen, als wollten sie in die Stadt. Sind sie denn nicht dort, Sir?«

»Woher zum Teufel soll ich das wissen? Würde ich Sie fragen, wenn ich es wüßte?« Claremonts Laune sank rapide auf ein neues Tief. »Treiben Sie sie umgehend auf! Und sagen Sie ihnen, sie sollen sich im ›Imperial‹ bei mir melden. Mein Gott! ›Imperial‹! Was für ein Name für so eine Bruchbude!«

Bellew stieß einen sichtbaren, aber taktvollerweise unhörbaren Seufzer der Erleichterung aus, als Claremont sich abwandte und der Lokomotive zustrebte. Er kletterte die Eisentreppe hinauf und betrat den Lokführerstand. Chris Banlon, der Lokomotivführer, war ein kleiner dürrer Mann mit einem unglaublich faltigen, nußbraunen Gesicht, in dem das Auffallendste die grünblauen Augen waren. Er war gerade dabei, mit Hilfe eines schweren Schraubenschlüssels einige Einstellungen vorzunehmen. Als er Claremont bemerkte, drehte er noch ein letztes Mal an der Schraube, an der er gerade arbeitete, legte den Schraubenschlüssel zurück in die Werkzeugkiste und sah Claremont lächelnd an.

»'n Tach, Colonel. Das ist aber eine Ehre!«

»Schwierigkeiten?«

»Nein, nur Vorsorge, Sir.«

»Maschine unter Dampf?«

Banlon öffnete die Tür des Kessels. Die Hitzewelle, die von den rotglühenden Holzscheiten ausging, ließ Claremont unwillkürlich einige Schritte zurückweichen. Banlon machte die Klappe wieder zu. »Von mir aus kann's losgehen, Colonel.«

Claremont blickte nach hinten zum Tender, der hoch mit säuberlich gestapelten Holzscheiten beladen war. »Wie steht's mit dem Brennstoff?«

»Bis zum nächsten Depot haben wir genug. Mehr als genug.« Banlon betrachtete den Tender voller Stolz. »Henry und ich haben jeden Winkel ausgenutzt. Ein tüchtiger Arbeiter, dieser Henry.«

»Henry? Der Steward?« fragte Claremont verblüfft. »Und der Heizer – Jackson – nicht wahr?«

»Ich und mein vorlautes Mundwerk«, sagte Banlon bedrückt. »Ich werde es nie lernen. Henry wollte gerne helfen. Jackson half auch – danach.«

»Nach was?«

»Nachdem er in der Stadt Bier geholt hatte.« Die ungewöhnlich hellen Augen sahen Claremont ängstlich an. »Ich hoffe, Sie nehmen das nicht übel, Sir.«

»Ihr seid Angestellte der Eisenbahn, keine Soldaten«, sagte Claremont kurz. »Was ihr macht, geht mich nichts an – solange ihr nicht zuviel trinkt oder uns oben in den verdammten Bergen in einen Abgrund kutschiert.« Er begann die Stufen hinunterzuklettern, hielt jedoch noch einmal inne und fragte: »Haben Sie Captain Oakland oder Lieutenant Newell gesehen?«

»Ja, beide. Sie haben sich kurz mit Henry und mir unterhalten und sind dann in die Stadt gegangen.«

»Haben sie gesagt, wohin sie gehen wollten?«

»Leider nein, Sir.«

»Na gut, vielen Dank.« Claremont stieg die restlichen Stufen hinunter und blickte den Zug entlang: Bellew war dabei, sein Pferd zu satteln. Er rief ihm zu: »Geben Sie dem Suchtrupp Bescheid, daß die beiden in der Stadt sind.«

Bellew salutierte lässig.

O'Brien und Pearce verließen die Bar, und Pearce stopfte die Steckbriefe in den Umschlag zurück. Plötzlich ertönte ein Wutschrei, und die beiden Männer blieben abrupt stehen und blickten in die Ecke des Raumes, aus der er gekommen war: Am Tisch der Kartenspieler hatte sich ein sehr großer Mann mit einem eindrucksvollen roten Bart erhoben und über den Tisch gebeugt. Er trug eine Moleskinhose und ein Jackett aus dem gleichen Material, die aussahen, als habe er sie von seinem Großvater geerbt. In seiner Rechten hielt er einen Peacemaker Colt, während er mit der anderen Hand das linke Handgelenk eines Mannes, der ihm gegenüber saß, auf die Tischplatte drückte. Das Gesicht des sitzenden Mannes wurde weitgehend von seinem hochgeschlagenen Schafspelzkragen und einem tief in die Stirn gezogenen, schwarzen Stetson verborgen.

Der Mann mit dem roten Bart sagte: »Jetzt reicht's mir, mein Freund.«

Pearce trat an den Tisch und fragte freundlich: »Was reicht Ihnen, Garritty?«

Garritty schob den Peacemaker vor, bis die Mündung nur noch knapp zehn Zentimeter vom Gesicht des sitzenden Mannes entfernt war. »Die Falschspielerei, Marshal. Der Mistkerl hat mir in fünfzehn Minuten hundertzwanzig Dollar abgeknöpft.«

Pearce blickte mehr automatisch als aus Neugier kurz über die Schulter, als die Tür aufging und Colonel Claremont eintrat. Claremont blieb kurz stehen, lokalisierte sofort den augenblicklichen Mittelpunkt des Geschehens und schritt unverzüglich auf ihn zu – die Rolle eines Statisten oder Zuschauers zu spielen entsprach nicht seinem Wesen. Pearce wandte seine Aufmerksamkeit wieder Garritty zu.

»Vielleicht ist er nur ein guter Spieler.«

»Gut?« Das rotbraune Gestrüpp verbarg soviel von Garrittys Zügen, daß man über seinen Gesichtsausdruck nur Vermutungen anstellen konnte. »Er ist brillant – zu brillant um ehrlich zu sein. Ich kann das beurteilen. Sie wissen, daß ich schon seit fünfzig Jahren Karten spiele, Marshal.«

Pearce nickte. »Sie haben mich zu oft arm gemacht, als daß ich mich noch einmal mit Ihnen an einen Pokertisch setze.«

Garritty bog die linke Hand des sitzenden Mannes, der sich vergeblich zu wehren versuchte, zur Seite, bis sie mit dem Rücken auf der Tischplatte lag und die Karten in der Hand sichtbar wurden: Es waren lauter Buben, Damen und Könige, und als höchste ein Herzas.

Pearce sagte: »Sieht doch ganz astrein aus.«

»Astrein dürfte wohl kaum die richtige Bezeichnung sein!«

Garritty wies mit dem Kinn auf die Spielkarten, die auf dem Tisch lagen. »Ungefähr in der Mitte, Marshal –«

Pearce nahm die Karten und blätterte sie durch. Plötzlich hielt er inne und hob die rechte Hand: Ein weiteres Herzas! Pearce legte es mit der Rückseite nach oben auf den Tisch, nahm dem Fremden sein Herzas aus der Hand und legte es, ebenfalls mit der Rückseite nach oben, neben das andere: Beide Rückseiten waren identisch. Pearce sagte: »Zwei gleiche Spiele. Wer hat sie mitgebracht?«

»Na, raten Sie mal!« Garrittys Stimme hatte einen Unterton, der das Schlimmste befürchten ließ.

»Ein alter Trick«, sagte der sitzende Mann. Seine Stimme war leise und angesichts der höchst gefährlichen Situation, in der er sich befand, bemerkenswert ruhig: »Jemand hat das zweite As eingeschmuggelt. Jemand, der *wußte,* daß ich das As habe.«

»Wie heißen Sie?«

»Deakin. John Deakin.«

»Stehen Sie auf, Deakin.« Der Mann gehorchte. Pearce ging gemächlich um den Tisch herum, bis er Deakin gegenüberstand. Die beiden Männer waren gleich groß. »Waffe?« fragte Pearce.

»Keine Waffe.«

»Sie überraschen mich. Ich hätte gedacht, eine Waffe sei für einen Mann wie Sie lebensnotwendig – auf jeden Fall zur Selbstverteidigung, wenn schon zu nichts anderem.«

»Ich bin kein Freund von Gewalttätigkeiten.«

»Ich habe aber das Gefühl, daß Sie in Kürze welche zu spüren bekommen werden.« Mit der rechten Hand hob Pearce die linke Seite von Deakins Schafpelzmantel an, während seine freie linke Hand in die Innentasche des Mantels glitt und nach einigen Sekunden mit einem interessanten Sortiment von Buben, Damen, Königen und Assen wieder auftauchte.

»Junge, Junge«, murmelte O'Brien. »Das nenn' ich aber aus voller Brust gespielt.«

Pearce schob das Geld, das vor Deakin auf dem Tisch lag, zu Garritty hinüber, aber der machte keine Anstalten es zu nehmen, sondern sagte mit barscher Stimme: »Damit ist die Sache noch lange nicht erledigt.«

»Ich weiß«, nickte Pearce geduldig. »Das hätten Sie aus dem schließen können, was ich gesagt habe. Sie kennen meine Position, Garritty. Betrügerisches Kartenspiel ist kein bundesstaatliches Delikt, deshalb kann ich auch nicht eingreifen. Aber wenn es vor meinen Augen zu Gewalttätigkeiten kommt – nun, dann muß ich als Hüter von Sicherheit und Ordnung eingreifen. Geben Sie mir Ihre Waffe.«

»Mit Vergnügen.« Garrittys Bereitwilligkeit verhieß nichts Gutes. Er reichte Pearce seine riesige Pistole, starrte Deakin drohend an und deutete mit dem Daumen in Richtung auf die Vordertür. Deakin rührte sich nicht. Garritty ging um den Tisch herum und wiederholte die Geste. Deakin schüttelte kaum merklich, aber unmißverständlich den Kopf. Garritty schlug ihm mit dem Handrücken ins Gesicht. Deakin zuckte nicht einmal mit der Wimper. Garritty sagte: »Raus!«

»Ich sagte Ihnen schon, daß ich kein Freund von Gewalttätigkeiten bin«, erklärte Deakin milde.

Als Garritty diesmal zuschlug, tat er es mit der geballten Faust. Deakin stolperte rückwärts, stieß gegen einen Stuhl, wobei er seinen Hut verlor, und ging zu Boden. Und dort blieb er auch, auf einen Ellbogen gestützt, liegen. Aus einem Mundwinkel tropfte Blut. Sämtliche Stammkunden hatten sich dazu aufgerafft aufzustehen und drängten sich heran, um das Schauspiel besser verfolgen zu können und allmählich wich die Fassungslosigkeit auf ihren Gesichtern schierer Verachtung: Gewalttätigkeiten gehörten in diesem Land zum Alltag wie der Pfarrer zur Kirche, und wenn ein Mann eine Beleidigung oder einen körperlichen Angriff hinnahm, ohne den Versuch zu machen, sich zu wehren, so war er in ihren Augen die längste Zeit ein Mann gewesen.

Garritty blickte fassungslos auf den reglosen Deakin hinunter, und es war ihm anzusehen, daß sein rapide wachsender Zorn ihn in Kürze den letzten Rest seiner Beherrschung rauben würde. Pearce, der näher getreten war, um weitere Handgreiflichkeiten von Garrittys Seite zu verhindern, wirkte einen Augenblick lang seltsam verwirrt, aber gleich darauf erkannte er, was Garritty vorhatte, und als Garritty einen Schritt vortrat und in offensichtlich mörderischer Absicht mit seinem rechten Fuß ausholte, trat Pearce ebenfalls einen Schritt nach vorn und stieß Garritty den rechten Ellbogen in die Magengrube. Garritty würgte, keuchte vor Schmerz und brach, beide Hände auf das Zwerchfell gepreßt, zusammen. Sein Atem ging pfeifend.

Pearce sagte: »Ich habe Sie gewarnt, Garritty: Keine Gewaltanwendung in Anwesenheit eines US-Marshals. Wenn Sie so weitermachen, sind Sie für diese Nacht mein Gast, obwohl das jetzt auch keine Rolle mehr spielen würde. Ich fürchte, die Sache liegt sowieso nicht mehr in Ihrer Hand.«

Garritty versuchte sich aufzurichten, was ihm offensichtlich nicht gerade Vergnügen bereitete, und als er schließlich sprach, klang seine Stimme wie die eines Ochsenfrosches mit Kehlkopfentzündung.

»Was zum Teufel meinen Sie mit ›nicht mehr in Ihrer Hand‹?«

»Das Ganze ist jetzt eine bundesstaatliche Angelegenheit.« Pearce nahm die Steckbriefe aus dem Umschlag, blätterte sie schnell durch, zog einen heraus, steckte die übrigen zurück in den Umschlag, warf einen kurzen Blick auf den, den er in der Hand behalten hatte, einen ebenso kurzen Blick auf Deakin und winkte Colonel Claremont zu sich, der kaum merklich fragend die Augenbrauen hob und zu Pearce und O'Brien trat. Wortlos zeigte Pearce ihm den Steckbrief: Obwohl es graubraun, fleckig und verschwommen war, konnte man auf dem Bild doch eindeutig den Mann erkennen, der sich John Deakin nannte.

»Damit bin ich jetzt wohl doch als Fahrgast zugelassen, Colonel«, sagte Pearce.

Claremont sah ihn schweigend an und wartete. »Gesucht wegen Spielschulden, Diebstahl, Brandstiftung und Mord«, las Pearce vor.

»Da hatte aber jemand viel Sinn für die richtige Reihenfolge«, murmelte O'Brien.

»›John Houston alias John Murray alias John Deakin alias –‹ schon gut, ersparen wir uns den Rest. ›Ehemaliger Dozent der Universität von Nevada.‹«

»Universität?« fragte Claremont entgeistert. »In diesem gottverlassenen Gebirge?«

»Der Fortschritt läßt sich nicht aufhalten, Colonel. Sie wurde dieses Jahr eröffnet. In Elko.« Pearce las weiter: »Wegen Spielschulden und unerlaubten Glücksspiels entlassen. Danach entdeckte Unterschlagung von Universitätsgeldern ist dem Gesuchten zugeschrieben worden. Wurde verfolgt bis Lake's Crossing, dort in einer Eisenwarenhandlung gestellt. Um zu entkommen, setzte er den Laden mit Kerosin in Brand. Feuer geriet außer Kontrolle; Ortskern von Lake's Crossing zerstört, sieben Menschen fanden den Tod!«

Die Gesichter der Zuhörer drückten die verschiedensten Empfindungen aus, die Skala reichte von Ungläubigkeit bis zu Entsetzen und von Zorn bis zu Abscheu. Nur Pearce und O'Brien – und seltsamerweise auch Deakin – ließen keinerlei Anzeichen einer Gemütsbewegung erkennen.

Pearce fuhr fort: »Gesuchter wurde weiter verfolgt bis zu den Eisenbahnwerkstätten in Sharps. Ließ Waggon mit Sprengstoff hochgehen. Drei Schuppen zerstört und alles Material vernichtet. Derzeitiger Aufenthalt unbekannt.«

Garrittys Stimme klang immer noch nicht viel besser: »Er – *das* ist der Mann, der Lake's Crossing niedergebrannt und Sharps in die Luft gejagt hat?«

»Wenn diese Angaben richtig sind – und ich halte sie dafür, dann ist er es tatsächlich. Hier von einer zufälligen Übereinstimmung zu sprechen, wäre geradezu lächerlich. Na, Garritty, nach diesem beeindruckenden Sündenregister kommt einem die Sprache mit jenen armseligen hundertzwanzig Dollar geradezu albern vor, was? Aber albern oder nicht, ich rate Ihnen, das Geld gleich einzustecken, denn Deakin wird in nächster Zeit keine Gelegenheit haben, es Ihnen zurückzugeben.« Er faltete den Steckbrief zusammen und wandte sich an Claremont: »Nun?«

»Ein Geschworenengericht erübrigt sich wohl. Aber die Sache ist immer noch keine Angelegenheit der Armee.«

Pearce faltete den Steckbrief wieder auseinander und reichte ihn Claremont: »Ich habe nicht alles vorgelesen, das hätte zu lange gedauert.« Er deutete auf einen Abschnitt: »Das hier habe ich zum Beispiel auch ausgelassen.«

Claremont las laut: »Der Sprengstoffwaggon in Sharps war unterwegs zum Zeugamt der US-Armee in Sacramento, Kalifornien.« Er faltete das Fahndungsblatt zusammen, gab es Pearce und nickte: »Damit ist es eine Angelegenheit der Armee.«

2

Colonel Claremont, dessen Temperament vorsichtig ausgedrückt als explosiv zu bezeichnen war, versuchte angestrengt, sich zu beherrschen. Aber es war klar, daß es ihm nicht gelingen würde. Als gewissenhafter und ungemein gründlicher Mensch, als Mensch, der nach festen Regeln lebte, der eine heftige Abneigung selbst gegen die geringfügigste Störung im reibungslosen Ablauf seines Lebens hegte und völlig außerstande war, Dummheit oder Unfähigkeit gelassen zu ertragen, hatte Claremont bislang noch keine Möglichkeit gefunden, seine einzige Schwäche als Offizier und Mann zu überwinden – und es sah nicht so aus, als ob er in nächster Zeit eine finden würde. Um es geologisch auszudrücken: er ließ die vulkanischen Gase seiner Wut weder abziehen noch gab er überschüssige, überhitzte Energie in Form von Lava und Geisern ab – wie der Krakatau ging er einfach in die Luft, und die Folgen waren meistens fast ebenso verheerend – zumindest für diejenigen, die sich in seiner unmittelbaren Nähe befanden.

Der Colonel hatte acht Zuhörer: Der ziemlich besorgt dreinschauende Gouverneur, Marica, der Geistliche und der

Arzt standen vor dem Eingang des Imperial und O'Brien, Pearce und Deakin beobachteten den brüllenden Colonel vom Bürgersteig aus, wobei Pearce seine Aufmerksamkeit gerecht zwischen Deakin und dem Colonel aufteilte. Der achte Zuhörer war der unselige Sergeant Bellew. Er hatte Haltung angenommen – jedenfalls soweit ihm das auf dem Rücken seines nervös tänzelnden Pferdes möglich war – und fixierte starr einen Punkt hinter der linken Schulter des Colonels. Es war kalt geworden, aber Bellew schwitzte sichtbar.

»Ihr habt wirklich überall gesucht?« Der Zweifel in Claremonts Stimme war nicht zu überhören. »Wirklich überall?«

»Jawohl, Sir.«

»Offiziere der US-Kavallerie sind in dieser Gegend kaum ein alltäglicher Anblick. Sie müssen doch jemandem aufgefallen sein.«

»Niemandem, den wir gefragt haben, Sir. Und wir haben jeden gefragt, den wir getroffen haben.«

»Das ist doch unmöglich, Mann! Völlig unmöglich.«

»Jawohl, Sir. Ich meine, nein, Sir.« Bellew riß sich endlich von dem Punkt los, auf den sein Blick die ganze Zeit gerichtet gewesen war und schaute regelrecht verzweifelt auf den Colonel hinunter: »Wir können sie nicht finden, Sir.«

Die Gesichtsfarbe des Colonels verdunkelte sich in bedenklichem Maße. Es bedurfte keiner besonderen Hellsicht, um zu sehen, daß der Vulkan Claremonts kurz vor der Eruption stand. Pearce trat auf ihn zu und sagte: »Vielleicht kann ich sie finden, Colonel. Ich nehme mir zwanzig, dreißig Männer, die jeden Winkel in diesem Ort kennen – und so viele sind das gar nicht. In längstens zwanzig Minuten haben wir sie gefunden. *Wenn* sie überhaupt hier sind.«

»Was zum Teufel meinen Sie mit ›wenn‹?«

»Was ich gesagt habe.« Pearce war ganz offensichtlich nicht in friedfertiger Stimmung. »Ich biete Ihnen meine Hilfe an. Ich erwarte keinen Dank und auch keine Anerkennung, aber ein wenig Höflichkeit könnte nicht schaden. Also, was ist? Ja oder nein?«

Claremont hatte schon den Mund geöffnet, um sich Pearce' Ton zu verbitten, als ihm plötzlich fast schmerzhaft bewußt wurde, daß er einen Zivilisten vor sich hatte – einen Angehörigen der unseligen Mehrheit, die weder seiner Kontrolle noch seiner Autorität unterstanden. Claremont beschränkte seinen Umgang mit Zivilisten auf ein Minimum, was zur Folge hatte, daß er fast nicht mehr wußte, wie er mit ihnen reden sollte. Aber daß er jetzt schwieg, lag daran, daß er sich nur schwer mit der demütigenden Vorstellung abfinden konnte, daß diesem ungewaschenen und undisziplinierten Abschaum von Reese City gelingen könnte, was seine eigenen geliebten Soldaten nicht geschafft hatten. Als er schließlich antwortete, kostete es ihn beträchtliche Mühe zu sprechen.

»In Ordnung, Marshal«, sagte er hölzern. »Ich danke Ihnen. Abfahrt also in zwanzig Minuten. Wir warten am Bahnhof.«

»Ich werde pünktlich da sein. Eine Bitte noch, Colonel: Könnten Sie zwei oder drei Ihrer Männer zur Bewachung des Gefangenen abkommandieren?«

»Sie wollen eine Eskorte für ihn?« Claremonts Stimme klang unverhohlen verächtlich. »Er scheint mir nicht gerade gewalttätig, Marshal.«

Pearce lächelte milde. »Das hängt davon ab, was Sie unter Gewalttätigkeit verstehen, Colonel. Wir haben gesehen, daß er kein Freund von Wirtshausschlägereien ist, aber seinem Steckbrief nach ist er durchaus imstande, das ›Imperial‹ in

Brand zu setzen oder Ihren kostbaren Truppentransport in die Luft zu jagen, sobald ich ihm den Rücken zukehre.«

Mit diesem Hinweis auf die Gefährlichkeit Deakins verabschiedete sich Pearce und verschwand im Hotel. Claremont sagte zu Bellew: »Rufen Sie Ihre Männer zurück und bringen Sie den Gefangenen zum Zug. Binden Sie ihm die Hände auf den Rücken und legen Sie ihm Fußfesseln an. Spannweite dreißig Zentimeter. Unser Freund hier scheint die Gewohnheit zu haben, sich in Luft aufzulösen.«

»Für wen halten Sie sich eigentlich?« fragte Deakin mit kaum merkbarer Wut in der Stimme. »Das können Sie mit mir nicht machen! Sie sind kein Vertreter des Gesetzes. Sie sind nichts weiter als ein Soldat.«

»Nichts als ein Soldat!« schnaubte Claremont. »Sie –« Er brach ab und reagierte seine Empörung dadurch ab, daß er höchst befriedigt seine Anordnung korrigierte. »Spannweite der Fußfesseln zwanzig Zentimeter, Sergeant Bellew.«

»Mit Vergnügen, Sir.« Sergeant Bellew genoß es offensichtlich, daß der Zorn seines Colonels sich jetzt gegen den anderen richtete. Er zog eine Trillerpfeife aus der Jacke, holte tief Luft und entlockte dem Instrument kurz hintereinander drei unerträglich schrille Töne. Claremont zuckte zusammen, bedeutete den übrigen, ihm zu folgen und machte sich auf den Weg zum Bahnhof. Nach etwa fünfzig Metern blieb er stehen und blickte zurück: Vor dem »Imperial« sammelte sich eine Gruppe von Männern, bei deren Anblick einem unwillkürlich die Klassifizierung »Blinde, Lahme und Taube« einfiel, obwohl das natürlich übertrieben war.

Infolge der Tatsache, daß jedem Stammgast, der seinen Whisky mit Wasser verdünnt hätte, von den übrigen sofort und für immer der Zutritt zum Saloon untersagt worden wäre, bewegte sich zumindest die Hälfte von ihnen mit dem schwankenden Gang von Segelschiffmatrosen vorwärts, die zu lange auf See waren. Zwei von ihnen hinkten stark und ein anderer, der auch nicht nüchterner war als die übrigen, legte auf seinen zwei Krücken ein beträchtliches Tempo vor – er war den anderen gegenüber im Vorteil, denn er hatte etwas, worauf er sich stützen konnte. Pearce trat zu den Männern und gab ihnen eine Reihe von Instruktionen. O'Brien, der neben Claremont stand, sah zu, wie die graubärtige Schar in verschiedenen Richtungen ausschwärmte und schüttelte den Kopf: »Wenn sie auf Schatzsuche nach einer vergrabenen Flasche Bourbon wären, würde ich jederzeit mein ganzes Geld auf sie setzen. Aber so –«

»Ich weiß, ich weiß.« Claremont drehte sich niedergeschlagen um und setzte seinen Weg zum Bahnhof fort. Aus dem Schornstein der Lokomotive quollen dicke schwarze Rauchwolken – Banlon hatte gute Arbeit geleistet. Er streckte den Kopf aus dem Fenster: »Irgendeine Spur, Sir?«

»Leider nein, Banlon.«

»Soll ich die Maschine trotzdem unter Volldampf lassen, Colonel?«

»Selbstverständlich.«

»Sie meinen, wir fahren auf jeden Fall los – auch ohne den Captain und den Lieutenant?«

»Genau das meine ich. In fünfzehn Minuten, Banlon. Pünktlich in fünfzehn Minuten.«

»Aber Captain Oakland und Lieutenant Newell ...«

»... werden eben auf den nächsten Zug warten müssen.«

»Aber das kann Tage dauern, Sir.«

»Ich habe momentan nicht die geringste Lust, mir den Kopf über das Wohlergehen des Captain und des Lieutenant zu zerbrechen.« Claremont wandte sich an die anderen und deutete auf die Stufen, die in den ersten Waggon führten. »Es ist kalt und es wird noch verdammt viel kälter werden. Gouverneur, ich hätte Major O'Brien gern noch etwas bei mir. Nur bis man diesen Deakin hergebracht hat. Nichts gegen meine Männer, verstehen Sie mich richtig, bessere gibt es nicht, aber ich traue ihnen nicht zu, daß sie mit einem zweifelhaften Subjekt wie Deakin fertig werden. Aber der Major kommt sicher bestens mit ihm zurecht – und ohne sich besonders anstrengen zu müssen.«

O'Brien lächelte und schwieg. Gouverneur Fairchild nickte zustimmend und stieg dann eilig die Stufen hinauf – es wurde von Minute zu Minute kälter.

Claremont nickte O'Brien kurz zu und ging dann langsam den Zug entlang, wobei er von Zeit zu Zeit mit einem englischen Spazierstöckchen – seinem einzigen Zugeständnis an Individualität oder Exzentrik, je nach Betrachtungsweise – gegen seine ledernen Reitstiefel schlug. Colonel Claremont wußte so gut wie nichts über Züge, aber er besaß einen angeborenen Inspektorenblick und ließ nur selten eine Gelegenheit vorübergehen, diesen Blick zu schulen. Im übrigen war er der Kommandant des Zuges, und er hatte die Angewohnheit, sein Eigentum stets strengstens zu bewachen, auch wenn es ihm nur vorübergehend gehörte.

Im ersten Waggon befanden sich das Tagesabteil der Offiziere – in das der Gouverneur gerade eben erst dankbar verschwunden war –, die Schlafkabinen für den Gouverneur und seine Nichte und am Ende die Offiziersmesse. Der zweite Waggon beherbergte die Kombüse, die Schlafkojen für Henry, den Steward, und Carlos, den Koch, und die Schlafkabine der Offiziere. Der dritte Waggon enthielt Versorgungsgüter, und im vierten und fünften Waggon waren die Pferde untergebracht. Im vorderen Teil des sechsten Waggons lag die Mannschaftsküche, während der Rest dieses Waggons und der ganze siebte der Unterbringung der Truppen diente. Durch seinen Inspektionsgang um nichts klüger als zuvor wollte Claremont gerade in den Bremswagen klettern, als er das Getrappel von Pferdehufen vernahm. Er blickte den Zug entlang: Bellew hatte die verlorenen Schafe aufgetrieben. Soweit Claremont feststellen konnte, war die Kavallerieabteilung vollzählig versammelt.

Sergeant Bellew selbst ritt an der Spitze. In der linken Hand hielt er locker einen Strick, dessen anderes Ende um Deakins Hals geschlungen war. Deakin war aufgrund der straffen Fußfesseln gezwungen, sich in einer lächerlich hastigen, steifbeinigen Gangart fortzubewegen, die ihm große Ähnlichkeit mit einer Marionette verlieh. Es war eine beschämende und demütigende Situation für einen erwachsenen Mann, aber Claremont ließ das völlig kalt. Er sah noch, wie O'Brien Bellew entgegenging, dann schwang er sich die Stufen des Bremswagens hinauf, öffnete die Tür und trat ein.

Verglichen mit der Kälte draußen war es hier drinnen stikkig und drückend heiß. Die Ursache dafür war nicht schwer zu finden: Der Holzofen in der einen Ecke des Waggons war mit solcher Hingabe beheizt worden, daß die runde gußeiserne, abnehmbare Platte dunkelrot glühte. Neben dem Ofen stand auf der einen Seite eine bis an den Rand mit Holzscheiten gefüllte Kiste, dahinter stand ein Speiseschrank und hinter diesem befand sich das schwere Bremsrad. Auf der anderen Seite des Ofens stand ein Polstersessel und daneben lag eine Matratze, auf der sich Stapel von fadenscheinigen Armeedecken und Bärenfelle türmten.

Kaum sichtbar in dem riesigen Sessel saß ein Mann, den man wohl am besten mit Hilfe des alten Klischees als »im Dienst ergrauten Veteran« beschreiben konnte. Er hatte eine Nickelbrille auf der Nase und las ein Buch. Die weißen Bartstoppeln in seinem Gesicht waren mindestens vier Tage alt und sein Haar – wenn er überhaupt welches besaß – war unter einer Kopfbedeckung verborgen, die aussah wie eine holländische Schiffermütze, die er sich – wohl um die Kälte abzuhalten – tief über die Ohren gezogen hatte. Er war in mehrere nicht genau definierbare Kleidungsschichten gehüllt, deren Krönung eine Eskimojacke aus ebenfalls nicht näher zu bestimmendem Pelz bildete. Und um ganz sicher vor selbst dem kleinsten Luftzug zu sein, hatte er noch eine dicke Navajodecke über sich gebreitet, die von seiner Taille bis auf seine Füße hinunterreichte.

Als Claremont eintrat, richtete sich der Bremser auf, nahm höflich die Brille ab und sah Claremont mit blaßblauen, wäßrigen Augen an. Er blinzelte überrascht und sagte: »Das ist aber eine Ehre, Colonel Claremont.« Obwohl mehr als sechzig Jahre vergangen waren, seit der Bremser zum ersten und einzigen Mal den Atlantik überquert hatte, war sein irischer Akzent noch so ausgeprägt, als habe er das heimatliche Connemara erst tags zuvor verlassen. Er machte Anstalten aufzustehen – ein Vorhaben, das angesichts seiner Vermummung so gut wie aussichtslos war – aber Claremont bedeutete ihm, sitzen zu bleiben. Der Bremser gehorchte bereitwillig und warf einen vielsagenden Blick auf die offene Tür.

Claremont beeilte sich, sie zu schließen und sagte dann: »Sie sind Devlin, nicht wahr?«

»Seamus Devlin, zu Diensten, Sir.«

»Sie führen hier ein ziemlich einsames Leben, was?«

»Das hängt davon ab, was Sie unter Einsamkeit verstehen, Sir. Sicher – ich bin allein, aber einsam bin ich nie.« Er klappte das Buch zu. »Einsam ist es drüben in der Lokomotive. Natürlich ist der Heizer da, aber man kann nicht mit ihm reden, weil der Lärm viel zu groß ist. Und wenn es regnet oder schneit oder hagelt, muß man immer wieder den Kopf in die Kälte hinausstrecken, um zu sehen, wohin man fährt, so daß man entweder schwitzt oder friert. Ich kenne das – ich war selbst fünfundvierzig Jahre Lokführer. Aber vor ein paar Jahren hab ich damit Schluß gemacht.« Er sah sich mit einigem Stolz um. »Ich glaube, ich hab hier den besten Job, den es auf der Union Pacific gibt. Meinen eigenen Ofen, mein eigenes Essen, mein eigenes Bett, meinen eigenen Sessel –«

»Danach wollte ich Sie gerade fragen«, sagte Claremont. »Ich konnte mir nämlich nicht vorstellen, daß dies die serienmäßige Einrichtung der Bremswagen der Union Pacific ist.«

»Ich habe die Sachen irgendwo aufgelesen«, erklärte Devlin vage.

»Dauert's noch lange bis zur Pensionierung?«

Devlin lächelte fast verschwörerisch. »Sie sind – wie sagt man – sehr diplomatisch? Ja, richtig, diplomatisch. Na schön, Sir, Sie haben recht, ich bin leider etwas alt für den Job, aber dummerweise ist meine Geburtsurkunde schon vor Jahren verschwunden, und das machte die Sache für die Union Pacific etwas schwierig. Aber dies ist auf jeden Fall meine letzte Reise, Colonel. Wenn ich wieder im Osten bin, mache ich es mir für den Rest meiner Tage bei meiner Enkelin am Kamin gemütlich.«

»Möge der Himmel Ihnen die Holzscheite nie knapp werden lassen«, murmelte Claremont.

»Was? Ich meine, wie bitte, Colonel?«

»Nichts. Sagen Sie mal, Devlin, wie vertreiben Sie sich hier eigentlich die Zeit?«

»Na ja, ich koche und esse und schlafe und –«

»Richtig, wie steht's mit dem Schlafen? Wenn eine gefährliche Kurve kommt oder eine steile Senke und Sie schlafen, was geschieht dann?«

»Keine Sorge, Sir. Chris – ich meine Banlon, der Lokführer – und ich, wir haben uns da eine ganz schlaue Sache zusammengebastelt. Es ist nichts weiter als ein Draht in einer Rohrleitung, aber es funktioniert. Chris zieht ein halbes dutzendmal daran, dann läutet hier die Glocke, und dann ziehe ich einmal, damit er weiß, daß ich noch unter den Lebenden weile, wie man so sagt. Und dann zieht er einmal oder zwei-, drei- oder viermal, je nachdem wie stark ich bremsen soll. Und bis jetzt ist noch nie was schiefgegangen, Sir.«

»Aber Sie können doch nicht immer nur essen und schlafen!«

»Ich lese, Sir. Ich lese viel. Täglich mehrere Stunden.«

Claremont sah sich um. »Ihre Bibliothek haben Sie aber gut versteckt.«

»Ich habe keine Bibliothek, Colonel. Nur dieses eine Buch. Das ist alles, was ich lese.« Er drehte das Buch in seinen Händen um und zeigte es Claremont: Es war eine uralte und schon ziemlich zerfledderte Hausbibel.

»Ich verstehe.« Colonel Claremont, ein entschiedener Gegner des Kirchgangs, der höchstens bei Beerdigungen mit Religion in Berührung kam, fühlte sich leicht unbehaglich. »Nun, Devlin, hoffen wir auf eine sichere Reise nach Fort Humboldt und auf eine glückliche Heimkehr in den Osten für Sie.«

»Vielen Dank, Sir. Vielen Dank.« Devlin setzte die Nikkelbrille wieder auf, und als der Colonel die Tür des Bremswagens hinter sich schloß, war er bereits wieder in seine Lektüre vertieft.

Claremont machte sich auf den Weg zur Lokomotive. Bellew und ein halbes Dutzend seiner Männer waren eifrig damit beschäftigt, die Rampen von den Pferdewaggons zu entfernen. »Alles klar?« fragte Claremont.

»Jawohl, Sir.«

»Seid ihr in fünf Minuten fertig?«

»Leicht, Sir.«

Claremont nickte und ging weiter. Plötzlich war Pearce neben ihm. »Ich weiß, Sie werden es nie tun, Colonel«, sagte er, »aber eigentlich sollten Sie sich bei Bellew und seinen Leuten entschuldigen.«

»Keine Spur von ihnen? Auch nicht die geringste?«

»Wo immer sie stecken mögen – in Reese City sind sie nicht. Darauf wette ich mein Leben.«

Im ersten Moment war Claremont regelrecht erleichtert – erleichtert, weil Pearce und sein herrenloser Haufen nicht mehr Erfolg gehabt hatte als seine eigenen Männer. Aber dann wurde ihm die volle Bedeutung der Desertion oder unverzeihlichen Verspätung der beiden Männer klar, und er sagte grimmig: »Dafür werde ich sie vor's Kriegsgericht bringen!«

Pearce sah ihn prüfend an und sagte: »Ich habe die beiden ja nicht kennengelernt. Hätten Sie ihnen das zugetraut?«

»Nein, verdammt. Nicht im Traum!« Claremont schlug wütend mit dem Spazierstöckchen gegen seinen Stiefel und zuckte merklich zusammen. »Oakland und Newell waren zwei der besten Offiziere, die ich je hatte. Aber Ausnahmen werden nicht gemacht. Prächtige Offiziere, trotz allem ... Kommen Sie, Marshal. Es wird Zeit.«

Pearce verschwand im Zug. Claremont blickte nach hinten, um zu sehen, ob die Türen der Pferdewaggons geschlossen waren. Dann drehte er sich um und hob die Hand. Banlon erwiderte aus der Lokomotive die Geste und öffnete das Dampfventil. Die Treibräder drehten einmal, zweimal, dreimal durch, aber dann griffen sie schließlich doch.

3

Bei Einbruch der Dämmerung hatte der Zug Reese City und die flache Hochebene, auf der die Stadt lag, weit hinter sich gelassen und rollte an einem Fluß entlang langsam durch ein leicht ansteigendes, breites, kiefernbestandenes Tal. Der Himmel war wolkenverhangen – es würde eine Nacht ohne Mond und Sterne werden, aber vermutlich mit sehr viel Schnee.

Im Tagesabteil der Offiziere machte man sich allerdings kaum Gedanken über die Kälte, die vor den Fenstern herrschte. Hier drin war es warm und behaglich und die Ausstattung des Wagens war für einen Truppentransportzug geradezu übertrieben luxuriös: Die beiden bequemen Sofas und die Sessel, die im Raum verteilt standen, waren mit schwerem, grünem Samt bezogen und aus dem gleichen Stoff waren auch die bestickten Vorhänge, die von Seidenkordeln zusammengehalten wurden. Den Boden bedeckte ein rostfarbener Teppich, auf dem in der Nähe der Sessel und Sofas mehrere polierte Mahagonitische standen. In der rechten vorderen Ecke befand sich ein Barschrank, der ganz offensichtlich nicht nur als Dekoration diente. Das ganze Abteil war in das warme bernsteinfarbene Licht getaucht, das die kupfernen Petroleumlampen verbreiteten.

Acht Reisende saßen in dem Abteil, und sieben von ihnen hielten ein Glas in der Hand. Nathan Pearce saß neben Marica auf einem Sofa und trank Whisky, während Marica ein Glas Portwein in der Hand hielt. Auf dem anderen Sofa saßen der Gouverneur und Colonel Claremont, und in zwei der drei Sessel Dr. Molyneux und Major O'Brien; sie alle tranken Whisky, wogegen Reverend Theodore Peabody, der es sich in dem dritten Sessel bequem gemacht hatte, mit sichtlicher Überlegenheit Mineralwasser trank. Der einzige, der ohne irgendeine Erfrischung geblieben war, war John Deakin. Abgesehen davon, daß es undenkbar gewesen wäre, einem Verbrecher wie ihm etwas anzubieten, wäre es ihm auch physisch unmöglich gewesen, ein Glas an seine Lippen zu heben, da seine Hände hinter seinem Rücken zusammengebunden waren. Er kauerte höchst unbequem und mit gefesselten Füßen nahe dem Gang, der in die Schlafkabinen führte. Außer Marica, die ihm gelegentlich einen besorgten Blick zuwarf, schien niemand sich über seinen Zustand Gedanken zu machen. Im Grenzgebiet war ein Menschenleben nicht viel wert, und Leid etwas so Alltägliches, daß man es kaum noch zur Kenntnis nahm, geschweige denn Mitleid empfand.

Nathan Pearce hob sein Glas: »Auf gute Gesundheit, meine Herren. Mein Ehrenwort, Colonel, ich habe nicht geahnt, daß die Armee so komfortabel reist. Kein Wunder, daß unsere Steuern –«

Claremont fiel ihm ins Wort: »Die Armee reist keineswegs so komfortabel, Marshal. Dies ist der Privatwaggon von Gouverneur Fairchild. Hinter Ihrem Rücken befinden sich die beiden Schlafkabinen, die normalerweise für den Gouverneur und seine Frau reserviert sind – in diesem Fall für den Gouverneur und seine Nichte – und dahinter liegt der private Speiseraum. Der Gouverneur hat uns freundlicherweise angeboten, mit ihm zu reisen und zu essen.«

Pearce hob erneut sein Glas. »Bravo, Gouverneur.« Dann sah er den Gouverneur fragend an: »Was ist los, Gouverneur? Sie wirken ein wenig besorgt.«

Und das tat er wirklich: Er schien blasser als gewöhnlich und sein Gesicht war zu einer Maske erstarrt. Jetzt zwang er sich zu einem Lächeln, leerte sein Glas, füllte es wieder und schlug einen gewollt leichten Ton an.

»Staatsgeschäfte, lieber Marshal, Staatsgeschäfte. Das Leben als Gouverneur besteht nicht nur aus Empfängen und Bällen, wissen Sie?«

»Das kann ich mir vorstellen, Gouverneur.« Pearce beugte sich ein wenig vor und fragte: »Was hat Sie zu dieser Reise bewegt, Sir? Ich meine, als Zivilist –«

O'Brien unterbrach ihn: »Ein Gouverneur hat in seinem Staat volle militärische Gewalt, Nathan. Das wissen Sie sicher.«

Fairchild sagte selbstgefällig: »Bestimmte Angelegenheiten erfordern meine persönliche Anwesenheit in Fort Humboldt.« Er warf einen kurzen Blick zu Claremont hinüber, der fast unmerklich den Kopf schüttelte. »Mehr kann ich nicht sagen – jedenfalls nicht in diesem Augenblick.«

Pearce nickte, als sei er mit dieser Antwort zufrieden, und verfolgte das Thema nicht weiter. Ein unbehagliches Schweigen senkte sich über das Abteil, das nur zweimal von Henry, dem fast schon skeletthaft mageren Steward, unterbrochen wurde, der einmal die Gläser nachfüllte und beim zweiten Mal neue Scheite in den Holzofen schob. Deakins Kopf war auf seine Brust gesunken, und er hatte die Augen geschlossen: Entweder hatte er beschlossen, die Umwelt auszusperren oder er war wirklich eingeschlafen, was allerdings ein Wunder gewesen wäre bei einem Mann, der sich unentwegt, ohne die Hände zu Hilfe nehmen zu können, den unberechenbaren Bewegungen des Zuges anpassen mußte, um nicht umzufallen und im Abteil hin und her geschleudert zu werden. Der Zug, der ein vergleichsweise ebenes Gebiet erreicht hatte, fuhr jetzt schneller und schwankte heftig von einer Seite zur anderen. Selbst auf den gutgepolsterten Plüschsitzen wurde das Schaukeln allmählich ausgesprochen ungemütlich.

Marica wandte sich an den Gouverneur: »Müssen wir denn so schnell fahren, Onkel Charles? Warum denn diese schreckliche Eile?«

»Weil der Lokomotivführer den Befehl hat, mit höchstmöglichem Tempo zu fahren, Miss Fairchild«, antwortete Claremont anstelle des Gouverneurs. »Und weil es sich hier um einen Truppenersatz-Transport handelt, und weil wir bereits zu spät dran sind. Die US-Kavallerie ist nicht gerne unpünktlich und wir sind schon zwei Tage im Verzug.«

Die Tür des Abteils wurde geöffnet, und Henry erschien ein drittes Mal und verkündete mit der Miene eines Mannes, der das Leben als unsägliche Last betrachtet: »Gouverneur, Colonel. Das Essen ist serviert.«

Der Speisesalon war klein und enthielt lediglich zwei Tische für jeweils vier Personen, aber diese Tische und die dazugehörenden Stühle standen in der Qualität der Einrichtung des Tagesabteils in nichts nach. Der Gouverneur, seine Nichte, Claremont und O'Brien saßen an einem Tisch, Pearce, Dr. Malyneux und Reverend Peabody an dem anderen. Auf den Tischen standen einige Flaschen Rot- und Weißwein und auf irgendeine geheimnisvolle Weise war es Henry gelungen, den Weißwein genau richtig zu temperieren, aber nicht einmal ein diesbezügliches Lob konnte ihn dazu veranlassen, seine chronisch kummervolle Miene auch nur für einen Augenblick durch ein Lächeln erhellen zu lassen.

Peabody wies Henrys Angebot, sein Glas mit Wein zu füllen, energisch ab und stellte sein Glas ostentativ umgekehrt neben seinen Teller. Dann wandte er sich an den Marshal und ein Ausdruck trat auf sein Gesicht, der eine interessante Mischung aus Ehrfurcht und entsetzter Faszination darstellte: »Zufällig stammen wir – der Doktor und ich – beide aus Ohio, und selbst dort kennt jeder Ihren Namen. Und jetzt sitzen wir hier mit Ihnen zusammen – mit dem berühmtesten Gesetzeshüter des Westens! Das ist schon ein merkwürdiges Gefühl!«

Pearce lächelte. »Sie meinen mit dem berüchtigsten, Reverend.«

»Nein, nein, das meine ich nicht!« protestierte Peabody hastig. »Als Diener Gottes bin ich zwar für den Frieden und gegen jegliche Form von Gewalt, aber ich halte Ihnen zugute, daß Sie die vielen Indianer in Ausübung Ihrer Pflicht töteten ...«

»Langsam, langsam, Reverend!« unterbrach ihn Pearce. »Erstens war das nur eine Handvoll Leute und die habe ich wirklich nur getötet, weil es nicht anders ging, und zweitens war kaum ein Indianer darunter. Die meisten waren Überläufer oder Verbrecher. Und außerdem ist das alles schon viele Jahre her. Heute bin ich wie Sie ein Mann des Friedens. Fragen Sie den Gouverneur – er wird es Ihnen bestätigen.«

Peabody ließ nicht locker: »Warum tragen Sie dann zwei Revolver, Marshal?«

»Wenn ich es nicht täte, wäre ich längst tot. Es gibt mindestens ein Dutzend Männer – hauptsächlich entlassene Sträflinge, die ich einmal hinter Gitter gebracht habe –, die mich liebend gern ins Jenseits befördern würden. Solange ich meine Waffen trage, bin ich sicher vor ihnen, denn ich habe als Schütze einen gewissen Ruf. Aber sobald einer von diesen Galgenvögeln mich ohne Revolver anträfe, wäre mein Leben keinen Cent mehr wert.« Pearce legte die Hände auf seine Waffen: »Die beiden sind meine Versicherungspolicen, Reverend.«

Peabody bemühte sich redlich, seine Zweifel zu verbergen, konnte es sich jedoch nicht verkneifen zu fragen: »Sie sind ein Mann des Friedens?«

«Jetzt? Jawohl! Früher war ich Scout bei der Armee, ein Feind der Indianer, wenn Sie so wollen. Von der Sorte gibt es immer noch viele. Aber mit der Zeit wird man das Töten leid.«

»Man?« Und wieder scheiterten die Bemühungen des Geistlichen, ein Pokergesicht aufzusetzen – man sah ihm deutlich an, daß er immer noch nicht überzeugt war. »Sie auch?«

»Es gibt noch andere Wege, die Indianer zu befrieden als sie mit Blei vollzustopfen. Ich habe den Gouverneur seinerzeit gebeten, mich zum Indianeragenten zu ernennen. Ich schlichte Streitigkeiten zwischen Indianern und Weißen, teile Reservate zu, versuche den Handel mit Waffen und Whisky zu unterbinden und sorge dafür, daß unerwünschte Weiße aus der Gegend verschwinden.« Er lächelte. »Letzteres ist ja sowieso ein Teil meines Jobs als Marshal. Die Arbeit ist so mühsam, aber allmählich mache ich Fortschritte. So habe ich zum Beispiel das Vertrauen der Paiutes schon so gut wie gewonnen. Ach, da fällt mir etwas ein!« Er blickte zu dem anderen Tisch hinüber. »Colonel!«

Claremont hob fragend die Augenbrauen.

»Es wäre vielleicht keine schlechte Idee, wenn wir jetzt

die Vorhänge schließen ließen, Sir. Wir befinden uns bereits in feindlichem Territorium, und es muß ja nicht sein, daß wir unnötige Aufmerksamkeit auf uns lenken.«

»Jetzt schon?! Nun, Sie müssen es wissen. Henry! Haben Sie gehört? Wenn Sie hier die Vorhänge geschlossen haben, gehen Sie zu Sergeant Bellew und sagen Sie ihm, daß er seine auch zuziehen soll.«

Peabody packte Pearce am Arm und fragte mit angstverzerrtem Gesicht: »Sagten Sie feindliches Territorium? Meinen Sie feindliche Indianer?«

»Allerdings.«

Pearce' Gleichmut verstärkte Peabodys Angst noch: »Aber – Sie sagten doch, daß sie Ihnen vertrauen.«

»Stimmt. Sie vertrauen *mir*.«

»Ach so!« sagte Peabody mit leicht dümmlichem Gesichtsausdruck. Dann schluckte er ein paarmal krampfhaft und verfiel in Schweigen.

Henry servierte Kaffee, und O'Brien erfüllte die alkoholischen Wünsche der Reisenden. Alle Fenster waren geschlossen, der Ofen glühte dunkelrot und die Temperatur im Abteil war auf etwa achtundzwanzig Grad gestiegen, aber das schien niemanden sonderlich zu stören. In dieser Gegend waren extreme Temperaturen an der Tagesordnung und wurden gleichmütig hingenommen. Die grünen Samtvorhänge waren sorgfältig zugezogen. Deakin hatte die Augen geöffnet und sich auf einen Ellbogen gestützt. Er schien sich noch unbehaglicher zu fühlen als zuvor, aber wie schon vorher war auch jetzt Marica die einzige, die davon Notiz nahm und ihn immer wieder besorgt musterte. Die übrigen Reisenden vertrieben sich die Zeit mit nichtssagender Konversation, und schließlich stellte Dr. Molyneux sein Glas auf den Tisch, stand auf, streckte sich und unterdrückte ein Gähnen: »Wenn

Sie mich bitte entschuldigen wollen. Ich habe einen schweren Tag vor mir, in meinem Alter braucht man seinen Schlaf.«

»Sie haben einen schweren Tag vor sich, Dr. Molyneux?« fragte Marica mit höflichem Interesse.

»Leider ja. Unsere medizinischen Vorräte sind zum größten Teil erst gestern in Ogden eingeladen worden. Bevor wir ins Fort kommen, muß ich alles noch überprüfen.«

Marica sah ihn amüsiert und neugierig an. »Warum diese Eile, Dr. Molyneux? Hat das nicht Zeit, bis Sie ankommen?« Als er nicht sofort antwortete, fragte sie: »Oder ist diese Epidemie schon außer Kontrolle geraten?«

Molyneux erwiderte ihr Lächeln nicht. »Die Epidemie in Fort Humboldt –.« Er brach ab, sah Marica nachdenklich an und wandte sich dann abrupt an Colonel Claremont: »Ich bin der Auffassung, daß jedes weitere Verschweigen der Tatsachen nicht nur sinnlos und kindisch ist, sondern auch eine Beleidigung für eine Gruppe intelligenter Erwachsener darstellt. Ich gebe zu, daß die Geheimhaltung anfangs notwendig war. Aber nun sind alle in diesem Zug von der übrigen Welt abgeschnitten und werden es bleiben, bis wir im Fort sind, wo sowieso –«

Claremont unterbrach den Redefluß: »Schon gut, Doktor, schon gut. Ich bin ja Ihrer Meinung.«

Er wandte sich an seine Mitreisenden und sagte: »Dr. Molyneux ist kein Armeearzt und wird es auch nie werden. Er ist führender Spezialist auf dem Gebiet der Tropenkrankheiten. Die Soldaten in diesem Zug sind Ersatzleute für die vielen Männer, die in Fort Humboldt gestorben sind.«

Bei seinen letzten Worten hatte die Verwirrung auf Maricas Gesicht nackter Furcht Platz gemacht und als sie sprach, war ihre Stimme nur noch ein heiseres Flüstern. »Die Männer – die vielen Männer, die gestorben sind –«

»Ich wünschte wirklich, Sie hätten nicht gefragt, warum der Zug so schnell fährt oder warum Dr. Molyneux es so eilig hat, Miss Fairchild, und ich wünschte auch, dem Marshal wäre die Besorgnis des Gouverneurs entgangen.« Er blickte seine Zuhörer der Reihe nach an und sagte schließlich mit gepreßter Stimme: »In Fort Humboldt wütet die Cholera!«

Nur zwei der sieben Zuhörer des Colonels zeigten eine merkbare Reaktion. Der Gouverneur, Molyneux und O'Brien hatten bereits von der Epidemie gewußt und waren demzufolge nicht überrascht, Pearce hob lediglich eine Augenbraue und beschränkte sich darauf, ein nachdenkliches Gesicht zu machen – offenbar lag es ihm noch weniger als Pearce, Gefühlsregungen zu äußern. Für einen unbeteiligten Zuschauer wäre die sparsame Reaktion vielleicht eine Enttäuschung gewesen, aber dafür wäre er durch das Verhalten von Marica und dem Reverend voll entschädigt worden. Angst und Grauen standen im Gesicht des Mädchens, und Peabody sah aus, als sei ihm ein böser Geist erschienen. Marica fand als erste die Sprache wieder: »Die Cholera!« flüsterte sie entsetzt. »Um Himmels willen! Mein Vater ...«

»Ich weiß, mein Kind, ich weiß.« Der Gouverneur erhob sich, trat zu ihr und legte ihr den Arm um die Schultern. »Ich hätte es dir lieber erspart, Marica, aber ich dachte, wenn – nun ja, wenn dein Vater erkrankt sein sollte, dann wärest du vielleicht lieber –«

Reverend Peabody erholte sich erstaunlich schnell von seinem Schock. Er schnellte wie von einem Katapult geschleudert aus den Tiefen seines Sessels hoch, und schrie mit vor Empörung schriller Stimme:

»Wie konnten Sie es wagen! Gouverneur Fairchild, wie konnten Sie es wagen, dieses arme Kind den schrecklichen Gefahren dieser grauenhaften Seuche auszusetzen! Ich bin entsetzt! Ich bestehe darauf, daß wir umgehend nach Reese City zurückkehren und – und –«

»Wie sollen wir das machen?« fragte O'Brien, wobei er sorgfältig jeglichen Unterton vermied. »Wir fahren auf einer eingleisigen Strecke.«

»Um Himmels willen, Pater, für was halten Sie uns?« Der Vulkan Claremont stand kurz vor einem Ausbruch. »Für Meuchelmörder? Oder potentielle Selbstmörder? Oder für Dummköpfe? Wir haben Proviant für einen Monat dabei. Und wir werden in diesem Zug bleiben, bis Dr. Molyneux die Epidemie in Fort Humboldt besiegt hat.«

»Aber das geht nicht! Das dürfen Sie nicht!« Marica sprang auf, packte Dr. Molyneux' Arm und rief verzweifelt: »Ich weiß, Sie sind Arzt, aber auch ein Arzt kann sich anstecken.«

Molyneux strich ihr beruhigend über die Hand. »Ich nicht. Ich hatte die Cholera schon einmal. Ich bin immun. Gute Nacht.«

Plötzlich fragte eine Stimme vom Fußboden her: »Wo haben Sie sich angesteckt, Doktor?«

Alle starrten Deakin überrascht an. Von Verbrechern erwartete man wie von kleinen Kindern, daß sie zu sehen, aber nicht zu hören waren. Pearce wollte aufstehen, aber Dr. Molyneux winkte ab.

»In Indien«, sagte er. »Dort habe ich die Krankheit studiert.« Er lächelte unfroh. »Sehr intensiv sogar. Warum fragen Sie?«

»Aus schierer Neugier. Und wann war das?«

»Vor acht oder zehn Jahren. Weshalb interessiert Sie das so?«

»Sie haben gehört, wie der Marshal meinen Steckbrief vorgelesen hat. Ich verstehe ein wenig von Medizin. Deshalb habe ich gefragt.«

Molyneux betrachtete den Gefangenen eine Zeitlang mit seltsam angespannter Miene, dann nickte er den anderen kurz zu und verließ das Abteil.

»Diese Neuigkeiten sind ja nicht gerade erfreulich«, stellte Pearce düster fest.

»Wieviel Todesopfer sind es denn bis jetzt?« Claremont wandte sich mit einem fragenden Blick an O'Brien, und dieser gab wie immer präzise Auskunft: »Bei der letzten Zählung vor etwa sechs Stunden waren es fünfzehn, was bedeutet, daß zu dem Zeitpunkt noch neunundfünfzig am Leben waren. Über die Zahl der Erkrankten liegen uns keine Angaben vor, aber Dr. Molyneux, der auf diesem Gebiet über große Erfahrung verfügt, nimmt aufgrund der Zahl der Toten an, daß ungefähr zwei Drittel bis drei Viertel der restlichen Männer infiziert sind.«

»Es sind also vermutlich nur noch fünfzehn gesunde Soldaten da, um das Fort zu verteidigen«, stellte Pearce nüchtern fest.

»Vermutlich.«

»Eine einmalige Chance für White Hand. Wenn er es wüßte.«

»White Hand? Meinen Sie damit den blutrünstigen Häuptling der Paiute?«

Pearce nickte und O'Brien schüttelte den Kopf. »Wir haben auch an diese Möglichkeit gedacht, sie aber verworfen. Wir alle wissen, daß White Hand besessen ist vom Haß auf den weißen Mann im allgemeinen und auf die US-Kavallerie im besonderen, aber wir wissen auch, daß er alles andere ist als ein Narr. Sonst hätte ihn die Armee oder –« O'Brien gestattete sich ein angedeutetes Lächeln –, »einer unserer furchtlosen Gesetzeshüter nämlich schon vor geraumer Zeit geschnappt. Wenn White Hand weiß, wie unterbesetzt Fort Humboldt derzeit ist, dann weiß er auch warum, und er wird das Fort meiden wie die Pest.« Diesmal wirkte sein Lächeln etwas verkrampft: »Bitte verzeihen Sie, das war nicht gerade geschmackvoll!«

»Was ist mit meinem Vater?« fragte Marica mit zitternder Stimme.

»Vor sechs Stunden war er noch gesund.«

»Sie meinen –«

»Tut mir leid, Miss.« O'Brien legte behutsam eine Hand auf ihren Arm. »Ich weiß auch nicht mehr als Sie.«

»Fünfzehn Kinder Gottes sind in die ewige Ruhe eingegangen.« Peabodys Stimme klang, als käme sie aus den Tiefen eines Grabes. »Ich frage mich, wie viele arme Seelen bis zum Morgengrauen noch von uns gegangen sein werden.«

»Bis zum Morgengrauen werden wir es wissen!« sagte Claremont unfreundlich. Offensichtlich gelangte er immer mehr zu der Auffassung, daß die Anwesenheit des Geistlichen unter Umständen wie diesen alles andere als wünschenswert war.

»Wir werden es wissen?« Pearce hob die Brauen. »Wie werden wir es erfahren?«

»Nicht durch Zauberei. Wir haben einen transportablen Telegraphenapparat im Zug. Wir befestigen ein langes Kabel an der Telegraphenleitung der Eisenbahn und auf diese Weise können wir mit dem Fort westlich von Reese City und selbst mit Ogden im Osten Verbindung aufnehmen.« Marica stand auf.

»Wollen Sie uns verlassen, Miss Fairchild?«

»Ich bin müde.« Sie lächelte gequält. »Und außerdem hat mich die Eröffnung, die Sie uns machen mußten, ziemlich mitgenommen.« An der Tür, die zum Korridor führte, blieb sie plötzlich stehen und blickte nachdenklich auf Deakin hinunter. »Bekommt dieser arme Mann überhaupt nichts zu essen oder zu trinken?«

»Dieser arme Mann!« echote Pearce empört. »Würden Sie diese Formulierung auch vor den Angehörigen der Leute gebrauchen, die bei dem Brand in Lake's Crossing ums Leben kamen? Dieser Galgenvogel hat noch genug Fleisch auf den Rippen. Er wird es überleben.«

»Aber Sie werden ihn doch nicht die ganze Nacht über gefesselt lassen!«

»Doch, das werde ich!« erklärte Pearce entschieden. »Aber morgen früh werde ich ihm die Fesseln abnehmen.«

»Morgen früh?«

»Richtig. Morgen erübrigen sich die Fesseln nämlich, weil wir dann mitten in feindlichem Territorium sein werden und er ganz sicher keinen Fluchtversuch machen wird. Ein weißer Mann alleine, ohne Waffen und ohne Pferd, hätte im Gebiet der Paiute keine zwei Stunden zu leben. Seine Spuren im Schnee könnte sogar ein Kind finden – und wenn er zufällig nicht entdeckt werden sollte, würde er mit Sicherheit verhungern oder erfrieren. Und wenn wir auch sonst nicht viel über Mister Deakin wissen – eins steht fest: sein eigenes Leben ist ihm sehr viel wert.«

»Er soll also die ganze Nacht hier liegen – und leiden.«

»Er ist ein Mörder, Brandstifter, Dieb, Betrüger und Feigling«, sagte Pearce geduldig. »Sie haben sich für ihr Mitleid ein ziemlich erbärmliches Objekt ausgesucht, Madam.«

»Und Sie sind ein ziemlich erbärmliches Objekt eines Marshals, Mr. Pearce.« Nach den ziemlich fassungslosen Gesichtern der Zuschauer zu urteilen, waren stürmische Gefühlsausbrüche bei Marica eine Seltenheit. »Jedenfalls scheinen Sie sich in den Gesetzen nicht besonders gut auszukennen. Nein, Onkel, ich höre nicht auf. Laut Gesetz ist ein

Mensch so lange unschuldig, bis seine Schuld bewiesen ist, aber Mister Pearce hat diesen Mann bereits verurteilt und wird ihn vermutlich am nächsten Baum aufhängen. Ein Vertreter des Gesetzes! Daß ich nicht lache! Das Gesetz möchte ich sehen, das ihn ermächtigt, einen Gefangenen schlimmer als ein Tier zu behandeln!«

Nach diesen Worten drehte sie sich abrupt um und verließ mit wehenden Röcken das Abteil. O'Brien sagte mit ausdruckslosem Gesicht: »Ich dachte, Sie kennen das Gesetz, Nathan.«

Pearce sah ihn stirnrunzelnd an, dann grinste er schief und griff nach seinem Glas.

Die dunklen Wolken am westlichen Horizont hatten inzwischen eine bedrohliche blauschwarze Färbung angenommen und bildeten einen gespenstischen Hintergrund für die noch immer in weiter Ferne liegenden, weißschimmernden Berggipfel. Das Tal stieg jetzt steil an, und der Zug, der sich entlang dem teilweise zugefrorenen Fluß die Steigung hinaufkämpfte, passierte die ersten schneebedeckten Kiefern – Vorboten der eisigen Kälte, die weiter oben herrschte.

Im Inneren des Zuges dagegen herrschte geradezu hochsommerliche Hitze, aber Deakin, der das Tagesabteil der Offiziere jetzt für sich allein hatte, war nicht in der Stimmung, sich darüber zu freuen. Und auch für die Behaglichkeit, die der Ofen und der warme Schein der letzten noch brennenden Petroleumlampe dem Raum verliehen, hatte er keinen Sinn. Er hatte sich auf eine Seite fallen lassen, um seine Lage wenigstens etwas erträglicher zu machen. Sein Gesicht verzerrte sich vor Schmerz und Anstrengung, als er erneut und wiederum vergeblich versuchte, die Fesseln zu lockern, die seine Hände auf dem Rücken zusammenhielten. Resigniert gab er auf.

Deakin war nicht der einzige in diesem Waggon, der keinen Schlaf fand: Marica saß aufrecht auf der schmalen Schlafkoje, die mehr als die Hälfte ihrer Kabine ausfüllte, kaute nachdenklich auf ihrer Unterlippe herum und warf gelegentlich einen unschlüssigen Blick auf die Tür. Ihre Gedanken kreisten um das gleiche Problem, das Deakin beschäftigte – die unbequeme Lage, in der letzterer sich befand. Plötzlich stand sie entschlossen auf, wickelte sich in eine Decke, trat leise auf den Gang hinaus und zog lautlos die Tür hinter sich zu.

An der nächsten Tür blieb sie stehen und horchte. Dem Schnarchen nach zu schließen, hatte der Gouverneur des Staates Nevada beschlossen, sich erst am nächsten Morgen wieder Sorgen zu machen. Beruhigt ging Marica weiter, öffnete die Tür zum Tagesabteil, schloß sie hinter sich und blickte auf Deakin hinunter. Er erwiderte ihren Blick, aber sein Gesicht blieb völlig ausdruckslos. Marica zwang sich, ruhig und sachlich zu sprechen.

»Geht es Ihnen einigermaßen?«

»Na sieh mal einer an!« Interesse erwachte in Deakins Augen. »Am Ende ist die Nichte des Gouverneurs gar nicht das wohlbehütete kleine Mädchen, das sie zu sein scheint. Sie wissen doch, was der Gouverneur oder der Colonel oder auch Pearce mit Ihnen machen würden, wenn sie Sie hier fänden.«

»Was könnten sie mir schon tun? Ich darf Sie daran erinnern, daß es heute nicht mehr so ist wie vor hundert Jahren, und ich kann Ihnen versichern, daß ich durchaus in der Lage bin, selbständig zu handeln. Und Sie wären der Allerletzte, von dem ich mich maßregeln ließe! Ich habe Sie gefragt, ob es Ihnen einigermaßen geht.«

Deakin seufzte. »So ist das Leben – da liegt man sowieso

schon am Boden und wird auch noch getreten. Es geht mir fabelhaft. Sehen Sie das nicht? Ich schlafe immer in dieser Lage.«

»Für Sarkasmus habe ich nichts übrig«, sagte sie frostig. »Ich wollte Sie fragen, ob ich etwas für Sie tun kann, aber jetzt habe ich den Eindruck, es wäre klüger gewesen, im Bett zu bleiben.«

»Entschuldigen Sie, ich wollte Sie nicht vor den Kopf stoßen. Ich hoffe, Sie billigen mir mildernde Umstände zu. Was Ihr Angebot betrifft, so erinnere ich Sie an das, was der Marshal gesagt hat: Verschwenden Sie Ihr Mitleid nicht an mich.«

»Was der Marshal sagt, interessiert mich nicht im geringsten«, sagte Marica schroff und übersah geflissentlich die Überraschung und die wachsende Neugier in seinem Gesicht. »In der Kombüse ist noch etwas zu essen.«

»Mir ist der Appetit vergangen. Trotzdem, vielen Dank.«

»Und wie wär's mit einem Drink?«

»Hallo! Das ist Musik für meine Ohren!« Er setzte sich mühsam auf. »Ich habe den ganzen Abend zugesehen, wie sie getrunken haben, und das war weiß Gott kein Vergnügen. Ich bin es gewöhnt, mein Glas selbst zu halten – würden Sie mir die Hände losbinden?«

»Glauben Sie, ich habe den Verstand verloren? Wenn Sie erst einmal die Hände frei haben –«

»Werde ich sie um Ihren hübschen Hals legen, was?« Er betrachtete ihren Hals eingehend, während sie ihn mit steinernem Gesicht beobachtete. »Er ist wirklich sehr hübsch. Aber das gehört nicht hierher. Was meine Hände betrifft, so kann ich Sie beruhigen: ich werde sogar die größte Mühe haben, das Glas festzuhalten. Sehen Sie her.«

Er drehte sich um und zeigte ihr seine Hände. Sie waren blau angelaufen und die Schnur schnitt tief in das zu unkenntlichen Klumpen aufgeschwollene Fleisch. Deakin sagte: »Was immer auch man gegen unseren Marshal sagen kann, man muß zugeben, daß er mit echter Begeisterung bei der Sache ist.«

Marica schaute mit zusammengepreßten Lippen auf seine geschundenen Hände hinunter. In ihren Augen standen Zorn und Mitleid. Sie sagte: »Wenn Sie mir versprechen –«

»Jetzt muß ich *Sie* fragen, ob Sie glauben, daß *ich* den Verstand verloren habe! Sie nehmen an, ich würde einen Fluchtversuch machen? Hier, wo es von Paiutes nur so wimmelt? Nein, nein, da bleibe ich doch lieber hier und dezimiere die Whiskyvorräte des Herrn Gouverneurs.«

Aber bis er dieses Vorhaben in die Tat umsetzen konnte, vergingen fünf Minuten. Marica brauchte zwar nur eine Minute, um seine Fesseln zu lösen, aber Deakin, der sich in einem Sessel niedergelassen hatte, gelang es erst nach weiteren vier Minuten, die Blutzirkulation in seinen tauben Händen wieder einigermaßen in Gang zu bringen. Der Schmerz mußte unerträglich gewesen sein, aber Deakin verzog keine Miene. Marica, die ihn keine Sekunde aus den Augen ließ, sagte: »Ich glaube, Sie sind viel tapferer, als man Ihnen allgemein zutraut.«

»Es wäre für einen erwachsenen Mann denkbar unpassend, in Gegenwart einer Dame zu jammern.« Er bewegte vorsichtig seine Finger. »Hatten Sie nicht vorhin etwas von einem Drink gesagt, Miss Fairchild?«

Sie brachte ihm ein Glas Whisky. Deakin trank es in einem Zug halb leer, seufzte zufrieden, stellte das Glas auf den Tisch neben sich, bückte sich und begann, seine Fußfesseln zu lösen. Marica sprang auf und rannte vor Wut aus dem Abteil. Bereits Sekunden später war sie wieder da und baute sich drohend vor Deakin auf, der immer noch damit beschäftigt war, sich von den Fesseln zu befreien. Er blickte hoch und betrachtete mißbilligend die kleine, aber nicht ungefährlich wirkende Pistole mit dem Perlmuttgriff, die sie auf ihn gerichtet hielt. »Wozu tragen Sie denn die mit sich herum?« fragte er.

»Mein Onkel sagte, wenn die Indianer mich je erwischen sollten –« Sie brach wütend ab. »Sie gemeiner Schuft! Sie haben mir doch versprochen ...«

»Wenn jemand ein Mörder, Brandstifter, Dieb, Betrüger und Feigling ist, kann es Sie doch nicht im Ernst überraschen, wenn er sich auch noch als Lügner entpuppt. Und wenn es Sie doch ernsthaft überrascht, dann spricht das nicht für Ihre Intelligenz.« Er hatte die Fesseln entfernt, trat mit noch etwas wackeligen Beinen auf Marica zu und nahm ihr die Pistole aus der Hand – er besaß genug Menschenkenntnis, um zu sehen, wenn jemand gar nicht vorhatte zu schießen.

Er drückte sie behutsam in einen Sessel, legte ihr die kleine Pistole in den Schoß, humpelte zu seinem Sessel und ließ sich mit einem erleichterten Seufzer hineinfallen. »Nur die Ruhe, Lady. Es sieht ganz so aus, als sei ich gar nicht in der Lage zu fliehen. Wollen Sie meine Fußgelenke sehen?«

»Nein!« Offenbar kochte sie vor Wut über ihre eigene Unentschlossenheit.

»Da geht es Ihnen wie mir. Lebt Ihre Mutter noch?«

»Meine Mutter –?« fragte sie entgeistert. »Was hat das denn mit Ihnen zu tun?«

»Ich mache Konversation. So gehört sich das doch bei wohlerzogenen Leuten, oder?« Er rappelte sich mühsam aus dem Sessel hoch und ging mit dem Glas in der Hand so vorsichtig auf und ab, als habe er rohe Eier unter den Füßen. »Nun, lebt sie noch?«

»Ja.«

»Aber es geht ihr nicht gut?«

»Woher wollen Sie das wissen? Und was geht es Sie überhaupt an?«

»Nichts. Ich bin lediglich von einer unstillbaren Neugier besessen.«

»Was für eine gewählte Ausdrucksweise!« spottete Marica.

»Ich darf Sie daran erinnern, daß ich früher an einer Universität gelehrt habe. Es ist sehr wichtig, den Studenten den Eindruck zu vermitteln, daß man klüger sei als sie. Und eine gewählte Ausdrucksweise hilft einem dabei. Also, Ihrer Mutter geht es nicht gut. Wenn es ihr gut ginge, würde ja wohl sie zu Ihrem Vater fahren. Ich wundere mich übrigens sehr, daß Sie nicht bei Ihrer kranken Mutter geblieben sind. Und es kommt mir auch sehr seltsam vor, daß Sie die Erlaubnis bekommen haben, zu Ihrem Vater zu fahren, obwohl im Fort die Cholera herrscht und die Indianer alles andere als umgänglich sind. Finden Sie das nicht auch alles etwas merkwürdig, Miss Fairchild? Ihr Vater muß sehr schwerwiegende Gründe dafür gehabt haben, Sie um Ihr Kommen zu bitten. Erfolgte die Einladung brieflich?«

»Ich brauche Ihre Fragen nicht zu beantworten!«

»Natürlich nicht. Aber Sie werden es tun! Zusätzlich zu all meinen übrigen Fehlern bin ich nämlich auch noch penetrant hartnäckig. Also wie war das? Bekamen Sie einen Brief? Nein, natürlich nicht. Alle dringenden Mitteilungen kommen per Telegraph.« Er wechselte abrupt das Thema: »Sie kennen Ihren Onkel und Major O'Brien sehr gut, nicht wahr?«

»Jetzt reicht es aber allmählich«, fauchte Marica. »Ich finde es unglaublich ...«

»Schon gut, schon gut!« Deakin leerte sein Glas, setzte sich wieder, und machte sich daran, sich die Füße zu fesseln. »Das war alles, was ich wissen wollte.« Er stand auf, reichte Marica ein Stück Schnur und drehte sich mit den Händen auf dem Rücken zu ihr um. »Wenn Sie so freundlich sein wollen – aber diesmal bitte nicht ganz so fest.«

Marica sagte langsam: »Warum interessiert Sie das alles, warum machen Sie sich Gedanken über mich. Sie haben doch mit sich selbst weiß Gott genug zu tun ...«

»Das habe ich, mein Kind, das habe ich. Ich versuche nur, mich von meinen eigenen Sorgen und Schwierigkeiten abzulenken.« Er zuckte, als sie die Schnur um seine entzündeten Handgelenke zusammenzog. »Langsam! Vorsichtig!« protestierte er.

Sie gab keine Antwort. Schweigend beendete sie ihre Arbeit, half Deakin, sich hinzulegen und verließ wortlos das Abteil. In ihrer Kabine schloß sie leise die Tür hinter sich, und dann blieb sie längere Zeit auf ihrem Bett sitzen und starrte nachdenklich ins Leere.

Auch Banlon, der Lokomotivführer, der in dem vom rötlichen Schein des Feuers erhellten Führerhaus stand, machte ein nachdenkliches Gesicht, während er seine Blicke von den Kontrollgeräten immer wieder zum Himmel und zu dem vor ihm liegenden Schienenstrang wandern ließ. Die schwarze Wolkenwand, die sich mit beträchtlicher Geschwindigkeit nach Osten schob, verdunkelte bereits mehr als die Hälfte des Himmels. In kürzester Zeit würde es dunkel sein – jedenfalls soweit das im Hochland möglich war, wo die Berge und die Kiefern – und in zunehmendem Maße auch die Erde – von einem weißen Tuch bedeckt waren.

Jackson, der Heizer, hätte Banlons Zwillingsbruder sein können – auch er war beängstigend mager, hatte eine tiefbraune Haut und auch sein Gesicht war von tiefen Falten durchzogen. Jackson spürte nichts von der klirrenden Kälte: Bei so steilen Steigungen wie der, die der Zug gerade hinaufkeuchte, kam er kaum mit dem Heizen nach, denn bei Volldampf verschlang der Ofen in Rekordzeit ungeheure Mengen von Brennmaterial, was dazu führte, daß Jackson zeitweise regelrecht in Schweiß gebadet war. Er warf noch einen Armvoll Scheite auf die glühenden Kohlen, wischte sich die Stirn ab und schloß die Tür des Feuerlochs, wodurch es im Führerhaus plötzlich so gut wie dunkel war.

Banlon riß seinen Blick von den Schienen los und wandte sich wieder den Kontrollvorrichtungen zu. Plötzlich ertönte ein lautes, metallisches und höchst bedrohliches Rattern, das Banlon zu einem Schwall nicht wiederholbarer Flüche veranlaßte.

»Was ist los?« fragte Jackson alarmiert.

Banlon antwortete nicht sofort. Er griff hastig nach der Bremse. Einen Augenblick passierte gar nichts. Und dann kam der Zug mit ohrenbetäubendem Knirschen der Bremsen und hartem Aufeinanderkrachen der Puffer zum Stehen. In allen Abteilen suchten die wenigen, die noch wach gewesen waren – mit Ausnahme des gefesselten Deakin – und die meisten derer, die gerade gewaltsam aufgeweckt worden waren, nach einem Halt, denn der Bremsvorgang brachte nicht nur Lärm mit sich, sondern schüttelte den Zug auch noch kräftig durch, und nicht wenige der Schläfer fanden sich plötzlich auf dem Fußboden wieder.

»Wieder dieser verdammte Dampfregler!« schnaubte Banlon. »Ich glaube, die Mutter hat sich gelöst. Gib Devlin durch, er soll die Bremsen fest anziehen.« Er nahm eine nur schwach leuchtende Petroleumlampe von einem Haken und betrachtete mißbilligend den defekten Regler. »Und mach die Feuerluke auf – diese gottverdammte Lampe würde ja gegen kein Glühwürmchen aufkommen.«

Jackson gehorchte. Dann beugte er sich aus dem Fenster und blickte den Zug entlang. »Auf dieser Seite kommen schon ein paar«, verkündete er. »Und sie sehen nicht gerade begeistert aus.«

»Was hast du denn erwartet?« fragte Banlon mürrisch. »Eine Abordnung, die uns danken will, daß wir ihnen das Leben gerettet haben?« Er blickte auf seiner Seite hinaus. »Hier kommen auch ein paar zufriedene Kunden.«

Aber einer der Reisenden lief nicht in Richtung Lokomotive. In der Dunkelheit kaum sichtbar, sprang er vom Zug, blickte sich hastig um, rannte geduckt zur Böschung und sprang mit einem Satz zum Flußufer hinunter. Unten zog er seine eigenartig spitze Mütze aus Waschbärfell tief in die Stirn und lief in die Richtung, aus der der Zug gekommen war.

Colonel Claremont erreichte das Führerhaus der Lokomotive als erster, obwohl er deutlich sichtbar hinkte – er war einer der festeren Schläfer gewesen und nach dem Sturz aus dem Bett höchst unsanft mit der rechten Hüfte auf dem Fußboden aufgeschlagen. Mit einiger Mühe zog er sich die Eisenstufen hinauf.

»Was zum Teufel soll das, Banlon? Sie haben uns alle zu Tode erschreckt!«

»Tut mir leid, Sir«, sagte Banlon ebenso steif wie höflich. »Ich habe nur nach den Vorschriften der Eisenbahngesellschaft gehandelt. Der Ausfall eines Kontrollgeräts gilt als Notfall. Eine Mutter hat sich –«

»Schon gut, schon gut.« Claremont rieb sich vorsichtig die Hüfte. »Wie lange dauert die Reparatur? Wahrscheinlich die ganze verdammte Nacht!«

Banlon gestattete sich ein angedeutetes Lächeln: »Fünf Minuten, Sir, länger nicht.«

Als Banlon sich daran machte, seine Voraussage in die Realität umzusetzen, blieb der Mann mit der Waschbärmütze plötzlich am Fuße eines Telegraphenmastes stehen. Er blickte den Weg zurück, den er gekommen war: er hatte das Zugende bereits mindestens fünfzig Meter hinter sich gelassen. Zufrieden legte er einen langen Gürtel um sich und den Mast und begann zu klettern. Oben angekommen zog er eine Drahtschere aus der Jacke, mit der er hastig die Telegraphendrähte auf der Seite der Isolatoren, die vom Zug entfernt lagen, durchschnitt. Die Drähte verschwanden in der Dunkelheit, und der Mann glitt wieder nach unten.

Im Führerhaus richtete sich Banlon mit dem Schraubenschlüssel in der Hand auf. »Fertig?« fragte Claremont.

»Fertig!« nickte Banlon und hob angelegentlich seine schmutzige Hand, um ein gewaltiges Gähnen zu vertuschen.

Claremont ließ für einen Augenblick seine schmerzende Hüfte außer acht und fragte. »Sind Sie sicher, daß Sie diese Nacht durchfahren können?«

»Wir brauchen nur heißen Kaffee. Und dafür haben wir alles, was wir brauchen, hier in der Kabine. Aber morgen würden wir – Jackson und ich – ganz gerne verschnaufen. Vielleicht können Sie eine Ablösung ...«

»Ich werde sehen, was sich tun läßt«, sagte Claremont kurz, aber nicht, weil er etwas gegen Banlon hatte, sondern nur weil der Schmerz in seiner Hüfte erneut seine ganze Aufmerksamkeit verlangte. Er kletterte steifbeinig aus der Lokomotive, ging am Zug entlang bis zum ersten Waggon und stieg dort ebenso steifbeinig die eisernen Stufen hinauf. Der Zug setzte sich langsam wieder in Bewegung. Gleichzeitig erschien der Mann mit der Waschbärmütze am Rande der Böschung, blickte prüfend nach beiden Seiten, begann zu rennen und sprang hinten auf den dritten Waggon auf.

4

Es wurde langsam hell und in dieser Höhe und so spät im Jahr geschah das erst, wenn der Morgen eigentlich schon vorbei war. Die Gipfel der Berge, die am Abend zuvor in weiter Ferne geschimmert hatten, waren inzwischen zwar viel näher gerückt, aber momentan nicht zu sehen. Die eintönig schmutzig-weiße Wolkendecke im Westen ließ darauf schließen, daß es ein paar Meilen weiter schneite. Und das leise Schwanken der schneebedeckten Kiefernwipfel zeigte, daß der Morgenwind zunehmend auffrischte. An einigen Stellen des Flusses, wo das Wasser fast stillstand, kroch das Eis von den Rändern auf die Mitte zu. Der Bergwinter hatte begonnen.

Henry, der Steward, war gerade dabei, den bereits glühenden Ofen im Tagesabteil der Offiziere zu schüren, als Colonel Claremont durch den Gang eintrat und an dem auf dem Boden liegenden, schlafenden Deakin vorbeiging, ohne ihn auch nur eines Blickes zu würdigen. Claremonts Hüftverletzung war anscheinend nur noch eine unangenehme Erinnerung, denn er hinkte nicht mehr und rieb sich geschäftig die Hände. »Ein scheußlicher Morgen, Henry.«

»Das kann man wohl sagen, Sir. Möchten Sie frühstücken? Carlos hat schon alles vorbereitet.«

Claremont trat ans Fenster, zog den Vorhang beiseite, säuberte die beschlagene Scheibe und blickte mürrisch nach draußen. Er schüttelte den Kopf.

»Später. Es sieht aus, als bekämen wir bald Schnee. Bevor es losgeht, möchte ich noch mit Reese City und Fort Humboldt sprechen. Holen Sie Ferguson, den Telegraphisten. Und sagen Sie ihm, er soll gleich alles Nötige mitbringen.«

An der Tür wäre Henry beinahe mit dem Gouverneur zusammengestoßen, der, gefolgt von O'Brien und Pearce, das Abteil betrat. Pearce beugte sich zu Deakin hinunter, rüttelte ihn unsanft wach und begann, die Fesseln zu lösen.

»Guten Morgen, guten Morgen!« Claremont war ganz in seinem Element – endlich hatte er wieder Gelegenheit, etwas zu tun. »Bin gerade dabei, mit Reese City und Fort Humboldt Verbindung aufzunehmen. Der Telegraphist muß jeden Augenblick hier sein.«

»Soll ich den Zug anhalten lassen?« fragte O'Brien.

»Ich bitte darum.«

O'Brien öffnete die Tür, trat auf die vordere Plattform hinaus, schloß die Türe hinter sich und zog an einem in Kopfhöhe angebrachten Seil. Ein oder zwei Sekunden später streckte Banlon den Kopf aus dem Führerhaus der Lokomotive, blickte den Zug entlang und sah, wie O'Brien den rechten Arm hob und senkte. Banlon winkte bestätigend und zog den Kopf zurück. Gleich darauf verlangsamte der Zug seine Geschwindigkeit. O'Brien kehrte in das Abteil zurück und klopfte sich mit den Händen auf die Oberarme.

»Großer Gott, ist das eine Kälte da draußen.«

»So was belebt, mein lieber O'Brien«, sagte Claremont sarkastisch, und man sah ihm deutlich an, wie wenig ihn die

Aussicht begeisterte, selbst hinaus zu müssen. Er sah Deakin an, der seine Hände massierte, und wandte sich dann an Pearce. »Wo wollen Sie den Burschen unterbringen, Marshal? Ich kann Sergeant Bellew beauftragen, ihn unter Bewachung stellen zu lassen.«

»Nichts gegen Bellew, Sir. Aber einem Mann, der so geschickt mit Zündhölzern, Petroleum und Sprengstoff umgehen kann – und ich nehme an, daß jeder Truppentransportzug von all diesen Dingen eine beträchtliche Menge geladen hat – behalte ich lieber selbst im Auge, Sir.«

Claremont nickte kurz und wandte sich dann den beiden Soldaten zu, die gerade eingetreten waren. Ferguson, der Telegraphist, hatte einen Klapptisch, eine Rolle Kabel und einen kleinen Kasten mitgebracht, der sein Schreibzeug enthielt. Sein Assistent, der junge Kavallerist Brown, schleppte den unhandlichen Sendeapparat heran.

»Sagen Sie mir Bescheid, wenn wir anfangen können«, sagte Claremont.

Zwei Minuten später waren die Vorbereitungen beendet. Ferguson hockte auf einer Sofalehne, und von dem Sendegerät vor ihm führte ein Kabel durch das spaltbreit geöffnete Fenster nach draußen. Claremont wischte die beschlagene Scheibe mit seinem Taschenmesser ab und blickte hinaus: Das Kabel führte zur Spitze eines Telegraphenmastes, an dem Brown in einem Gürtel hing. Er war mit seiner Arbeit fertig, blickte nach unten und winkte. Claremont wandte sich an Ferguson: »So. Zuerst das Fort.«

Ferguson sendete dreimal hintereinander das Rufsignal. Unmittelbar darauf drangen leise Morsezeichen an sein Ohr. Ferguson gab die Nachricht weiter: »Sie holen Colonel Fairchild, Sir.«

Während sie warteten, betrat Marica, dicht gefolgt von Reverend Peabody, das Abteil. Peabody machte wie üblich den Eindruck, als käme er gerade von einer Beerdigung und sah aus, als habe er eine sehr schlechte Nacht hinter sich. Marica warf einen kurzen, ausdruckslosen Blick zu Deakin hinüber, und wandte sich dann an ihren Onkel: »Wie steht es?«

»Wir haben Verbindung mit Fort Humboldt, meine Liebe«, sagte der Gouverneur. »In einer Minute wissen wir mehr.«

Aus den Kopfhörern drangen erneut schwache Morsezeichen. Ferguson schrieb hastig, aber sorgfältig mit, riß das Blatt von seinem Block und reichte es Claremont.

Mehr als eine Tagesreise entfernt hinter den Bergen hatten sich im Telegraphenraum von Fort Humboldt acht Männer versammelt. In einem Drehstuhl hinter einem prächtigen Mahagonischreibtisch mit lederbezogener Platte lümmelte ein Mann, dessen Position man schon daran erkennen konnte, daß er seine Füße, die in verdreckten Reitstiefeln steckten, auf die Schreibtischplatte gelegt hatte. Die Sporen hatten häßliche Spuren in dem Leder hinterlassen, aber das schien ihren Träger nicht zu stören. Aber das war nicht weiter überraschend, denn er sah nicht so aus, als habe er auch nur das mindeste Gefühl für Ästhetik. Selbst wenn er saß, sah man, daß er groß und kräftig war. Die zerschlissene Jacke aus Rehleder sah aus, als würde sie jeden Augenblick von den mächtigen Schultern gesprengt, um die Hüften trug er einen breiten Gürtel, den zwei Peacemaker Colts schwer nach unten zogen und auf seinem Kopf saß ein uralter Stetson. Das Gesicht mit den hohen Backenknochen, der Hakennase und den kalten grauen Augen wurde von Bartstoppeln verunziert, die mindestens eine Woche alt waren. Man hatte das Gefühl, einem unbarmherzigen Desperado vor sich zu haben – und genau dieses war Sepp Calhoun auch tatsächlich!

Neben dem Tisch saß ein Mann in der Uniform der US-Kavallerie, und einige Schritte weiter hockte ein anderer Soldat vor dem Telegraphen. Calhoun wandte sich an den Mann neben sich:

»Na, Carter, dann wollen wir mal sehen, ob Simpson wirklich die Mitteilung durchgegeben hat, die ich ihm aufgetragen habe.«

Carter reichte ihm stirnrunzelnd das Blatt Papier, auf dem die Nachricht stand. »Drei weitere Fälle«, las Calhoun laut. »Keine Toten mehr. Hoffe, Seuche hat Höhepunkt überschritten. Erbitte voraussichtliche Ankunftszeit.« Er sah den Funker an. »Gut, daß Sie klug genug sind, um nicht überschlau sein zu wollen, Simpson. Keiner von uns kann es sich leisten, einen Fehler zu machen, stimmt's?«

Im Tagesabteil des Truppentransportzuges hatte Colonel Claremont gerade die gleiche Botschaft gelesen. Er legte den Zettel beiseite und sagte: »Nun, das nenne ich gute Nachrichten. Wann werden wir da sein?« Er warf O'Brien einen fragenden Blick zu. »Ungefähr?«

»Diese schwerbeladenen Waggons mit einer einzigen Lok?« O'Brien überlegte kurz. »In dreißig Stunden, würde ich sagen, Sir. Ich kann ja Banlon noch mal fragen.«

»Nicht nötig.« Er wandte sich an Ferguson: »Geben Sie ihnen Bescheid –«

Marica sagte: »Mein Vater –«

Ferguson nickte und begann zu senden. Er hörte sich die Anwort an, nahm die Kopfhörer ab, blickte auf und sagte: »Erwarten Sie morgen nachmittag. Colonel Fairchild gesund.«

Marica lächelte erleichtert, und Pearce fragte Ferguson: »Könnten Sie dem Colonel mitteilen, daß ich auch mit diesem Zug komme und Sepp Calhoun festnehmen werde?«

Sepp Calhoun lächelte ebenfalls, aber nicht erleichtert – boshaftes Vergnügen glitzerte in seinen Augen, als er den Zettel mit der soeben eingegangenen telegraphischen Mitteilung an einen grauhaarigen und graubärtigen, hochgewachsenen Colonel aus der US-Kavallerie weiterreichte. »Sagen Sie selbst, Colonel Fairchild, übertrifft das nicht alles? Da kommt doch tatsächlich einer, um den armen alten Sepp Calhoun festzunehmen. Was um alles in der Welt soll ich denn jetzt bloß machen?«

Colonel Fairchild las die Mitteilung, aber er äußerte sich nicht dazu. Sein Gesicht blieb ausdruckslos. Er öffnete verächtlich die Hand und ließ das Blatt zu Boden fallen. Für einen Augenblick trat ein wachsamer Ausdruck in Calhouns Augen, aber dann entspannte er sich und lächelte wieder. Er konnte sich das Lächeln leisten. Er wandte sich an die vier Männer an der Tür – zwei zerlumpte Weiße und zwei ebenso wenig anziehende Indianer – die ihre vier Gewehre auf Fairchild und die beiden Soldaten gerichtet hatten, und sagte: »Der Colonel hat sicher Hunger. Bringt ihn zu seinem Frühstück zurück.«

»Jetzt versuchen Sie bitte, den Telegraphisten in Reese City zu erreichen«, sagte Claremont zu Ferguson. »Fragen Sie ihn, ob er irgendwas über Captain Oakland und Lieutenant Newell weiß.«

»Wir werden uns an den Bahnhofsvorsteher halten müssen, Sir«, erwiderte Ferguson. »Reese City hat keinen Telegraphisten mehr – der ist schon vor längerer Zeit zu den Goldminen abgehauen.«

»Na gut, dann versuchen wir es eben mit dem Bahnhofsvorsteher.«

»Jawohl, Sir.« Ferguson zögerte. »Es heißt aber, daß er sich im Bahnhof nur sehr selten blicken läßt, Sir. Die meiste Zeit seines Lebens scheint er im Hinterzimmer des Hotel Imperial zu verbringen.«

»Probieren Sie es wenigstens.«

Und Ferguson probierte es. Er sendete das Rufzeichen mindestens ein dutzendmal, bevor er aufblickte und sagte: »Ich glaube, ich komme nicht durch, Sir.«

O'Brien sagte leise zu Pearce: »Vielleicht sollte man das Telegraphenamt ins Imperial verlegen.« Claremonts zusammengepreßte Lippen zeigten, daß die Bemerkung nicht leise genug gewesen war, aber er überging sie und sagte zu Ferguson: »Versuchen Sie es weiter.«

Ferguson gehorchte, aber aus seinen Kopfhörern drang nicht das leiseste Ticken. Er schüttelte den Kopf und sah Claremont an, der ihn erst gar nicht zu Wort kommen ließ: »Das Gerät am anderen Ende ist nicht besetzt, wie?«

»Nein, Sir, daran liegt es nicht.« Ferguson war echt verwirrt. »Die Leitung ist tot. Wahrscheinlich ist ein Übertragungsrelais ausgefallen.«

»Ich verstehe nicht, wie das passiert sein kann. Kein Schnee, kein Sturm – und als wir gestern von Reese City aus das Fort anriefen, war noch alles in Ordnung. Versuchen Sie es weiter, während wir frühstücken.« Er zögerte, streifte Deakin mit einem angewiderten Blick und wandte sich schließlich an Pearce: »Soll dieser Verbrecher, dieser Houston, etwa mit uns essen?«

»Deakin«, verbesserte Deakin sanft. »Nicht Houston.«

»Schnauze«, befahl Pearce grob. Und dann beantwortete er die Frage des Colonels: »Wenn es nach mir ginge, könnte er ruhig verhungern – aber, na ja, er kann sich zu mir an den Tisch setzen. Natürlich nur, wenn der Reverend und der Doktor nichts dagegen haben.« Er blickte sich suchend um. »Wie ich sehe, ist der gute Doktor noch gar nicht da.« Er packte Deakin am Arm: »Los, kommen Sie.«

Die sieben Leute ließen sich auf den gleichen Plätzen wie am Abend zuvor nieder, wobei Deakin den Platz von Dr. Molyneux einnahm, der noch immer nicht erschienen war. Peabody, der neben ihm saß, fühlte sich offenkundig höchst unbehaglich: Immer wieder streifte er Deakin mit heimlichen Blicken und machte den Eindruck, als rechne er jede Sekunde darauf, daß seinem Tischgenossen Hörner und ein gespaltener Schwanz wüchsen. Deakin seinerseits achtete gar nicht auf ihn: Wie man es von einem Menschen erwartet, der längere Zeit gezwungenermaßen nichts gegessen hat, widmete er seine ungeteilte Aufmerksamkeit dem, was vor ihm auf dem Teller lag.

Claremont beendete sein Frühstück, lehnte sich zurück, bedeutete Henry, ihm Kaffee nachzuschenken, zündete sich eine Zigarre an und blickte hinüber zu Pearce' Tisch. Ein frostiges Lächeln erschien auf seinem Gesicht.

»Ich fürchte, Dr. Molyneux hat Schwierigkeiten, sich den Frühstückszeiten der Armee anzupassen. Henry, gehen Sie und wecken Sie ihn.« Er drehte sich um und rief in den Gang hinaus: »Ferguson?«

»Nichts, Sir. Die Leitung bleibt tot.«

Einen Augenblick lang trommelte Claremont unentschlossen mit den Fingern auf das Tischtuch. Dann traf er eine Entscheidung. »Packen Sie ein«, rief er Ferguson zu und drehte sich wieder zu den anderen um: »Wir fahren weiter, sobald er fertig ist. Major O'Brien, wenn Sie so gut sein möchten und –« Er brach erstaunt ab, als Henry ganz entgegen seinem Naturell in den Speisesalon stürzte. In seinen weitaufgerissenen Augen stand nacktes Entsetzen.

»Was um alles in der Welt ist los, Henry?«

»Er ist tot, Colonel! Er liegt da und ist tot! Dr. Molyneux!«

»Tot? Der Doktor? Sind Sie – sind Sie sicher, Henry? Haben Sie ihn geschüttelt?«

Henry nickte zitternd: »Er ist so kalt wie das Eis auf dem Fluß da draußen.« Er trat zur Seite, um O'Brien vorbeizulassen, der aufgesprungen war und aus dem Abteil stürzte. »Das Herz, würde ich sagen, Sir. Er sieht aus, als sei er ganz friedlich eingeschlafen.«

Claremont stand auf und begann ruhelos auf und ab zu gehen. »Großer Gott! Das ist schrecklich! Entsetzlich!« Es war offenkundig, daß sich Claremont – abgesehen davon, daß ihn die Nachricht von Dr. Molyneux' Tod verständlicherweise geschockt hatte – Sorgen wegen der Folgen machte, die sich zwangsläufig ergeben würden; aber es blieb Reverend Peabody überlassen, dies in Worte zu fassen:

»Mitten aus dem Leben ...« Für einen Menschen von der Statur einer unterernährten Vogelscheuche besaß Peabody eine gewaltige, tiefe Stimme, die klang, als käme sie aus den Tiefen eines Grabes. »Schrecklich für ihn, Colonel! Entsetzlich, im besten Mannesalter einfach dahingerafft zu werden, schrecklich auch für all die kranken und sterbenden Seelen im Fort, die ihre letzte Hoffnung auf ihn gesetzt hatten. Oh, diese Ironie, diese bittere Ironie des Schicksals! Das Leben ist nichts als ein wandelnder Schatten.« Was die letzte Bemerkung bedeuten sollte, war unklar, aber Peabody hatte offensichtlich nicht die Absicht, es zu erläutern: Mit gefalteten

Händen und fest geschlossenen Augen war er tief in stumme Gebete versunken.

O'Brien kam zurück und beantwortet Claremonts fragenden Blick mit einem stummen Nicken.

»Im Schlaf gestorben, würde ich sagen, Sir. Wie Henry schon meinte: es sieht nach einem Herzanfall aus. Aber seinem Gesicht nach zu urteilen hat er selbst es gar nicht mehr bemerkt.«

»Darf ich ihn mir ansehen?« fragte Deakin.

Sieben Augenpaare – darunter auch das des Reverend Peabody, der seinen Appell an das Jenseits zu diesem Zweck kurz unterbrach – starrten Deakin an, aber in keinem stand soviel Feindseligkeit wie in dem Colonel Claremonts.

»Sie? Warum, zum Teufel?«

»Vielleicht um die genaue Todesursache festzustellen.« Deakin zuckte die Achseln – er wirkte fast gleichgültig. »Sie wissen, daß ich Medizin studiert habe.«

»Waren Sie approbierter Arzt?«

»Ja, aber ich wurde ausgestoßen.«

»Das überrascht mich nicht!«

»Nicht wegen Inkompetenz. Und auch nicht wegen mangelhafter Berufsauffassung.« Deakin hielt inne und sagte schließlich vage: »Es hatte andere Gründe. Und dabei wollen wir es auch belassen. Aber wenn man einmal Arzt war, bleibt man es ein Leben lang.«

»Ja, das wird wohl stimmen.« Claremont war Realist genug, um seine praktische Vernunft über seine persönlichen Gefühle zu stellen. »Nun gut, ich bin einverstanden. Bringen Sie ihn hin, Henry.«

Nachdem die beiden gegangen waren, senkte sich ein tiefes Schweigen über den Speisesalon. Es gab soviel zu sagen, aber alles lag so deutlich auf der Hand, daß es sinnlos schien, es auszusprechen: Wie auf Verabredung vermieden es alle, einander anzusehen und konzentrierten ihre Blicke auf irgendwelche Punkte in der Unendlichkeit. Selbst Henry, der mit einer frischen Kanne Kaffee kam, gelang es nicht, die Beerdigungsatmosphäre aufzulockern, vermutlich weil seine ständig kummervolle Miene ihn bestens zum Hauptleidtragenden jedweden Begräbnisses qualifiziert hätte. Schließlich kam Deakin zurück und die Blicke fanden wieder ein gemeinsames Ziel.

»Nun, war's ein Herzanfall?« fragte Claremont.

»Ja, ich glaube, so könnte man es nennen«, meinte Deakin nach längerem Zögern. »So ähnlich jedenfalls.« Er sah Pearce an. »Ein Glück für uns, daß wir einen Vertreter des Gesetzes unter uns haben.«

»Was meinen Sie damit?« Gouverneur Fairchild schien noch mitgenommener als am Abend zuvor – aus möglicherweise sehr gutem Grund wirkte er jetzt ausgesprochen betrübt.

»Jemand hat Molyneux bewußtlos geschlagen, eine Spritze aus seinem Arztkoffer genommen, unter dem Brustkasten angesetzt und ihm ins Herz gestoßen. Der Tod dürfte ziemlich unmittelbar eingetreten sein.« Deakin blickte gemächlich von einem zum anderen. »Ich würde sagen, daß es jemand getan hat, der über einige medizinische, zumindest aber anatomische Kenntnisse verfügt. Ist irgend jemand hier, der etwas von Anatomie versteht?«

»Was zum Teufel wollen Sie damit sagen?« fragte Claremont empört.

»Er wurde mit einem schweren, harten Gegenstand wie einem Gewehrkolben auf den Kopf geschlagen. Die Haut über dem linken Ohr ist geplatzt. Aber der Tod trat ein, bevor sich eine Beule bilden konnte. Gleich unter den Rippen ist ein winziger, blauroter Einstich zu sehen. Gehen Sie und überzeugen Sie sich selbst.«

»Das ist absurd.« Aber Claremonts Gesichtsausdruck strafte seine Worte Lügen – er konnte sich des Eindrucks nicht erwehren, daß Deakin genau wußte, was er sagte.

»Natürlich ist es das! In Wirklichkeit hat Molyneux sich ins Herz gestochen, dann die Spritze gesäubert und sie anschließend in seine Tasche zurückgelegt. Ordentlich bis zum letzten Atemzug!«

»Es ist jetzt kaum der richtige Zeitpunkt für –«

»Sie haben einen Mörder im Zug. Warum sehen Sie sich Molyneux nicht an und überzeugen sich selbst?«

Claremont zögerte, aber dann stand er doch auf und begab sich – dicht gefolgt von fast allen übrigen Mitreisenden – in den zweiten Waggon; selbst Reverend Peabody schloß sich ängstlich und besorgt an. Zurück blieben Deakin und Marica, die aufrecht und mit im Schoß verkrampften Händen sitzengeblieben war und ihn mit einem höchst seltsamen Ausdruck ansah. Als sie sprach, war ihre Stimme kaum mehr als ein Flüstern.

»Ein Mörder! *Sie* sind ein Mörder! Der Marshal hat es gesagt. Und in Ihrem Steckbrief steht es auch! *Deshalb* sollte ich Ihnen also die Fesseln erst abnehmen und dann wieder locker anlegen! Damit Sie sich später allein befreien konnten und –«

»Der Himmel steh mir bei!« Deakin goß sich müde einen Kaffee ein. »Das Motiv ist natürlich sonnenklar – ich wollte seinen Job, und deshalb hab' ich mich mitten in der Nacht auf die Socken gemacht und ihn umgebracht. Ich habe ihn extra so getötet, daß es wie ein natürlicher Tod aussah, und dann habe ich allen bewiesen, daß es Mord gewesen ist. Nach der Tat habe ich mir selbstverständlich selbst die Hände auf dem Rücken gefesselt und die erforderlichen Knoten mit den Zehen geknüpft.« Er stand auf, ging an ihr vorbei, trat an eines der beschlagenen Fenster und begann es zu säubern. »Ich bin müde. Es schneit. Der Himmel wird dunkel, der Wind nimmt zu, und hinter den Gipfeln lauert ein Schneesturm. Kein guter Tag für eine Beerdigung.«

»Es wird gar keine geben. Man wird sie nach Salt Lake bringen.«

»Wen?«

»Doktor Molyneux. Und alle Männer, die in Fort Humboldt an der Epidemie gestorben sind. Das ist in Friedenszeiten so üblich. Die Verwandten und Freunde – nun ja, sie wollen schließlich die Möglichkeit haben, die Gräber zu besuchen.«

»Aber es wird Tage dauern, bis –«

Ohne ihn anzublicken sagte sie: »Im Versorgungswaggon stehen etwa dreißig leere Särge.«

»Wirklich? Nicht zu fassen! Ein Leichenwagen auf Schienen!«

»Mehr oder weniger ja. Zuerst hieß es, die Särge gingen nach Elko. Aber jetzt wissen wir, daß sie für Fort Humboldt bestimmt sind.« Sie schauderte, obwohl es im Abteil sehr warm war. »Ich bin froh, daß ich nicht mit diesem Zug zurückfahre ... Sagen Sie, was glauben Sie, wer war es?«

»Was? Ach so, wer den Doktor umgebracht hat. Wollen Sie einen Mörder auf einen Mörder ansetzen?«

»Nein.« Die dunklen Augen sahen ihn ruhig an. »So hatte ich es nicht gemeint.«

»Nun, *ich* war es nicht, und *Sie* waren es auch nicht. Bleiben also nur noch der Marshal und ungefähr siebzig andere potentielle Mörder übrig – ich weiß nicht genau, wie viele Soldaten im Zug sind. Ah! Da kommen schon ein paar Verdächtige.«

Claremont betrat, gefolgt von O'Brien und Pearce, das Abteil. Deakin sah ihn fragend an. Claremont nickte düster, ließ sich auf seinem Platz nieder und griff stumm nach der Kaffeekanne.

Im Laufe des Vormittags wurde der Schneefall, wie Deakin vorausgesagt hatte, immer dichter, aber da der Wind nicht in gleichem Maße zunahm, konnte man vorläufig noch nicht von einem Schneesturm sprechen. Alle Anzeichen sprachen jedoch dafür, daß sich das bald ändern würde.

Der Zug fuhr jetzt mitten durch die imposante Gebirgslandschaft. Der Schienenstrang lief nicht mehr durch Täler und an Flüssen entlang, sondern durch enge, steilwandige Schluchten, durch Tunnels und über schmale Simse, die aus dem Fels gesprengt worden waren.

Marica blickte durch ein im Windschatten gelegenes Fenster hinaus, das einigermaßen schneefrei war, und dachte nicht zum erstenmal, daß diese Berge nichts für Leute mit schwachem Herzen und Neigung zu Schwindelanfällen waren. In diesem Augenblick schwankte und ratterte der Zug über eine aus Balken zusammengezimmerte Brücke, die über einen, wie es schien, bodenlosen Abgrund führte und deren unterste Stützpfeiler sich in der düsteren und verschneiten Schlucht tief unten verloren.

Als die Lokomotive die Brücke hinter sich hatte, fuhr sie in einer großen Kurve nach rechts und setzte ihren beschwerlichen Weg nach oben fort – auf der linken Seite säumten turmhohe schneebedeckte Fichten ihren Weg und rechts gähnte der Abgrund. Der Bremswagen hatte die Brücke gerade passiert, als Marica stolperte und beinah zu Boden gefallen wäre, als die Zugbremsen aufkreischten und den Zug jäh zum Stehen brachten. Die Männer im Speisesalon mußten zwar nicht so mühsam um ihr Gleichgewicht ringen, weil sie alle saßen, aber Claremonts Fluch kam dennoch allen aus dem Herzen. Binnen weniger Sekunden hatten sich Claremont, O'Brien, Pearce und – etwas langsamer – auch Deakin erhoben, waren auf die hintere Plattform des ersten Waggons getreten und in den knöcheltiefen Schnee auf dem Bahnkörper hinuntergestiegen.

Banlon kam ihnen mit von Entsetzen verzerrtem Gesicht entgegengelaufen. O'Brien hielt ihn fest und sah ihn prüfend an. Banlon schüttelte seine Hand ab und schrie: »Um Himmels willen, kommen Sie! Schnell! Er ist abgestürzt.«

»Wer?«

»Jackson. Mein Heizer!« Banlon rannte zur Brücke, blieb stehen und starrte in die dunkle Tiefe. Dann lief er ein paar Schritte weiter und spähte wieder hinunter. Und dann ließ er sich auf die Knie nieder und legte sich schließlich bäuchlings in den Schnee. Im Nu waren die anderen bei ihm – unter ihnen inzwischen auch Sergeant Bellew mit einigen Soldaten. Alle spähten suchend über den Rand der Brücke:

Zwanzig, vielleicht auch dreißig Meter unter ihnen lag auf einem Felsvorsprung eine leblose Gestalt. Noch fünfzig Meter weiter unten war undeutlich das schäumende Wasser des Flusses zu erkennen.

»Nun, Doktor Deakin?« fragte Pearce. Die Betonung auf dem Wort »Doktor« war sehr dezent, aber sie war zu hören.

Deakin erwiderte kurz angebunden: »Er ist tot. Das sieht doch jeder Idiot.«

»Ich betrachte mich nicht als Idioten, und *ich* sehe es nicht«, sagte Pearce sanft. »Vielleicht braucht er ärztliche Hilfe. Was meinen Sie, Colonel Claremont?«

»Ich habe nicht das Recht, diesen Mann zu bitten –«

Deakin unterbrach ihn: »Das Recht hat Pearce auch nicht.

Wenn ich hinuntersteige – welche Garantie habe ich, daß Pearce das Seil, an dem ich hänge, nicht losläßt? Wir alle wissen, was für eine hohe Meinung der Marshal von mir hat, und wir wissen auch alle, daß das Gericht mich zum Tode durch den Strang verurteilen wird. Es würde dem Marshal eine Menge Zeit und Mühe ersparen, wenn ihm das Seil aus den Händen glitte.«

»Sechs meiner Soldaten werden das Seil halten, Deakin«, sagte Claremont mit steinernem Gesicht. »Sie beleidigen mich, Sir.«

»Ach ja?« Deakin betrachtete ihn nachdenklich. »Ja, ich glaube, Sie haben recht. Ich bitte um Entschuldigung.« Er nahm das Seilende, machte eine doppelte Schlinge, legte sie sich um die Taille und verknotete sie. »Ich brauche noch ein zweites Seil.«

»Noch ein Seil?« Claremont runzelte die Stirn. »Das eine würde schon ausreichen, um ein Pferd zu transportieren.«

»Ich habe eigentlich nicht an ein Pferd gedacht. Hatten Sie die Absicht, Jackson dort unten liegen zu lassen, bis die Geier seine Knochen abgefressen haben? Vielleicht sind Sie ja der Ansicht, daß nur Kavalleristen Anspruch auf eine anständige Beerdigung haben ...«

Claremont warf Deakin einen eiskalten Blick zu, drehte sich um und nickte Bellew zu. Eine Minute später erschien ein Soldat mit einem weiteren Seil, und wiederum zwei Minuten später hatte Deakin auf dem Felsvorsprung neben dem zerschmetterten Körper von Jackson Fuß gefaßt.

Nahezu eine Minute lang untersuchte Deakin auf den Knien die hingestreckte Gestalt, dann schlang er das zweite Seil um Jackson und verknotete es. Er richtete sich auf, gab mit der Hand ein Zeichen und wurde wieder auf die Brücke hinaufgezogen.

»Nun?« fragte Claremont ungeduldig.

Deakin nahm das Seil ab und rieb sich seine zerschundenen Knie. »Der Kopf ist zerschmettert und fast jede größere Rippe gebrochen.« Er sah Banlon fragend an: »An seinem rechten Handgelenk ist ein Lumpen festgebunden.«

»Das stimmt.« Banlon schien noch um einiges mehr geschrumpft zu sein. »Er war draußen, um den Schnee von den vorderen Fenstern zu entfernen. Dabei ist er abgestürzt. Der Lumpen am Handgelenk ist ein alter Heizertrick. Er ermöglicht es einem, sich mit beiden Händen festzuhalten.«

»Diesmal klappte es aber nicht ganz, oder? Ich glaube, ich weiß auch, warum. Marshal, Sie kommen wohl besser mit – als Vertreter des Gesetzes müssen Sie den Totenschein ausstellen. Ausgestoßenen Ärzten steht dieses Privileg nicht mehr zu.«

Pearce zögerte, nickte dann aber und ging hinter Deakin her. O'Brien folgte ihm dicht auf den Fersen. Deakin erreichte die Lokomotive, ging ein paar Schritte weiter und blickte hoch: Rings um das Fenster auf der Seite des Lokomotivführers und auf dem hinteren Teil des Langkessels war der Schnee entfernt worden. Deakin stieg ins Führerhaus hinauf und blickte sich suchend um, aufmerksam beobachtet von Pearce, O'Brien und dem inzwischen zu ihnen gestoßenen Banlon. Der Tender war bereits zu zwei Drittel leer und das restliche Holz lag im hinteren Teil. Auf der rechten Seite lagen die Scheite in wirrem Durcheinander auf dem Boden, als sei ein ganzer Stapel umgefallen.

Ein wachsamer Ausdruck trat in Deakins Augen. Er rümpfte die Nase, und sein Blick wanderte seitwärts und nach unten. Schließlich bückte er sich, griff hinter einige Holzscheite, richtete sich wieder auf und hielt eine Flasche hoch.

»Tequila. Er stank regelrecht nach dem Zeug.« Er sah Banlon ungläubig an: »Und Sie hatten keine Ahnung – Sie wußten von nichts?«

»Das wollte ich auch gerade fragen«, sagte Pearce mit grimmigem Gesicht.

»Gott ist mein Zeuge, Marshal!« Wenn Banlon fortfuhr, in der gleichen Geschwindigkeit zu schrumpfen wie bisher, dann würde er bald völlig verschwunden sein. »Ich habe keinerlei Geruchssinn – da können Sie jeden fragen. Ich lernte Jackson erst in Ogden kennen, und ich hatte nicht die geringste Ahnung, daß er diesen Fusel trank.«

»Jetzt wissen Sie es.« Claremont war im Führerhaus erschienen. »Wir alle wissen es jetzt. Armer Teufel. Und was Sie betrifft, Banlon, so unterstelle ich Sie dem Reglement des Militärs. Wenn weiterhin getrunken wird, enden Sie in einer Zelle von Fort Humboldt, und ich werde dafür sorgen, daß die Union Pacific Sie fristlos entläßt.«

Banlon bemühte sich, gekränkt auszusehen, aber es gelang ihm nicht ganz. »Ich trinke nie im Dienst, Sir.«

»Gestern nachmittag auf dem Bahnhof von Reese City haben Sie getrunken.«

»Ich meine, wenn ich den Zug fahre –«

»In Ordnung. Haben Sie noch Fragen, Marshal?«

»Nein, Colonel. Der Fall ist sonnenklar.«

»Ganz meine Meinung.« Claremont wandte sich wieder an Banlon. »Bellew wird Ihnen einen Kavalleristen als Heizer zuteilen.« Er wandte sich ab.

»Zwei Dinge noch, Colonel«, sagte Banlon hastig. Claremont drehte sich wieder zu ihm um. »Sie sehen, daß uns langsam das Brennmaterial ausgeht; ungefähr zwei Kilometer weiter ist ein Depot –«

»Ich werde Ihnen genügend Leute zur Verfügung stellen. Was gibt es sonst noch?«

»Ich bin ziemlich erschöpft, Sir. Und diese Sache mit Jackson ... Wenn Devlin – das ist der Bremser – wenn er mich in einigen Stunden ablösen könnte –«

»In Ordnung.«

Ein Soldat mit einer Kavalleristenmütze auf dem Kopf blickte seitwärts aus der Lokomotive in den mittlerweile dicht fallenden Schnee hinaus. »Ich glaube, da vorne kommt das Brennstoffdepot«, sagte er.

Banlon trat zu ihm, blickte ebenfalls hinaus, nickte, kehrte an seinen Platz zurück und brachte den Zug langsam und so exakt berechnet zum Halten, daß Lokomotive und Tender genau auf der Höhe einer Baracke zum Stehen kamen, die an einer Seite offen und bis unters Dach mit Stapeln von Holzscheiten gefüllt war. Banlon wandte sich an den Soldaten und befahl ihm: »Holen Sie jetzt die Männer des Ladekommandos.«

Es bestand aus zwölf Mann, war binnen Sekunden zur Stelle und machte keinen sehr glücklichen Eindruck. Banlon hatte das Gefühl, die zwölf hätten sich, statt mit dieser Arbeit, lieber mit zwei Dutzend feindlichen Indianern befaßt, und ihr Widerwille gegenüber der angeordneten Aufgabe war auch durchaus verständlich: Es ging zwar bereits auf Mittag zu, aber der Himmel war so dunkel und der Schneefall so dicht, daß die Lichtverhältnisse nicht besser waren als kurz vor Einbruch der Nacht, und die Sichtweite kaum ein paar Schritte betrug. Außerdem wurde es mit jeder Minute kälter. Die Soldaten stellten sich mit dem Rücken zu dem immer heftiger werdenden Schneesturm und bildeten zitternd und mit den Füßen stampfend eine Kette zwischen dem Holzdepot und dem Tender. Sie arbeiteten so schnell sie konnten, denn keiner von ihnen war scharf darauf, sich auch nur eine Sekunde länger als unbedingt nötig in der beißenden Kälte aufzuhalten.

Ein Stück weiter hinten hastete auf der anderen Seite des Zuges eine nur undeutlich sichtbare Gestalt lautlos die Schienen entlang und kletterte auf die vordere Plattform des Versorgungswaggons. Die Tür war verschlossen. Der Mann, der Überrock und Mütze eines Kavalleristen trug, bückte sich, untersuchte das Schloß, zog einen schweren Schlüsselbund aus der Tasche, wählte einen Schlüssel aus und schob ihn in das Schloß. Die Türe ging sofort auf. Der Mann trat in den Wagen und zog die Tür hinter sich zu.

Ein Zündholz flammte auf, und gleich darauf verbreitete eine kleine Petroleumlampe trübes Licht. Deakin klopfte sich den Schnee vom Mantel, den O'Brien ihm geliehen hatte und sah sich um.

Im hinteren Teil des Waggons standen rechts und links vom Mittelgang auf behelfsmäßigen Gestellen zweiunddreißig gleich große Särge. Wer auch immer die Armee mit Särgen versorgte – er mußte der Ansicht sein, daß alle Kavalleristen gleich groß und gleich schwer waren. Den größten Teil des übrigen Raumes nahmen Vorräte verschiedenster Art ein. Rechter Hand stapelten sich Kisten und Säcke mit Nahrungsmitteln. Auf der linken Seite standen messingbeschlagene Kästen aus eingeöltem Holz, die relativ wenig Platz beanspruchten, und nicht näher erkennbare Gegenstände, über die Zeltplanen gebreitet waren. Die Holzkästen trugen die Aufschrift: MEDIZINISCHER BEDARF: US ARMY. Deakin hob eine der Planen hoch. Auch hier standen Kisten aus eingeöltem Holz, aber auf diesen stand in großen, roten Buchstaben mehrfach das Wort GEFAHR!, ebenso wie auf den Kästen, die er unter den nächsten Planen entdeckte. Als er die letzte und kleinste Plane hochhob, kam jedoch ein hoher, schmaler, grauer Kasten mit einem ledernen Tragegriff zum Vorschein. Er trug die Aufschrift: US ARMY POST & TELEGRAPHENDIENST.

Deakin rollte die Plane zusammen, schob sie unter seinen Mantel, nahm den grauen Kasten, machte die Petroleumlampe aus, trat auf die Plattform hinaus und verschloß die Tür hinter sich. Selbst in der kurzen Zeit, die er im Innern des Waggons verbracht hatte, war die Sicht draußen wiederum merkbar schlechter geworden. Bloß gut, daß wir mit dem Zug unterwegs sind, dachte Deakin. Bei diesem Wetter wäre man mit einem Pferd oder einer Kutsche rettungslos verloren.

Er eilte mit dem schweren Kasten in der Hand den Versorgungswaggon entlang und kletterte auf die vordere Plattform des ersten Pferdewaggons. Die Türe war nicht verschlossen. Er trat ein, zog die Türe hinter sich zu, setzte den Kasten ab und machte eine Petroleumlampe an.

Fast alle Pferde standen. Die meisten kauten traurig an dem Heu aus den Krippen herum, die an beiden Längsseiten des Waggons angebracht waren. Ihre Boxen boten ihnen kaum Platz, sich zu bewegen, aber das schien sie nicht zu stören. Auch Deakins Anwesenheit nahmen sie gelassen hin. Einige sahen ihm neugierig entgegen, wandten den Kopf aber bald gelangweilt wieder ab.

Deakin würdigte die Pferde keines Blickes. Er interessierte sich vielmehr für den aus Holzlatten zusammengezimmerten Verschlag, in dem der Heuvorrat untergebracht war und der sich rechts neben ihm befand und fast bis zur Waggondecke reichte. Er entfernte die beiden oberen Latten, kletterte auf den Heuhaufen und grub dicht an der Waggonwand ein tiefes Loch. Dann sprang er wieder auf den Boden hinunter, wikkelte den grauen Kasten in die Plane, kletterte wieder auf den Heuhaufen, hievte den Kasten hinauf, ließ ihn in das Loch hinab und bedeckte ihn mit Heu. Selbst unter ungünstigsten Umständen müßte der Sender mindestens vierundzwanzig Stunden unentdeckt bleiben, dachte Deakin. Und mehr als vierundzwanzig Stunden brauchte er nicht.

Er machte die Lampe aus, verließ den Waggon und ging weiter bis zum Ende des zweiten Waggons. Auf der Plattform klopfte er den Schnee von seinem Mantel, trat ins Innere, hängte den Mantel an einen Haken im Gang vor den Schlafkojen der Offiziere und ging weiter, wobei er prüfend die Luft durch die Nase einsog. Schließlich blieb er stehen und blickte durch eine offenstehende Tür zu seiner Rechten.

Die Kombüse war klein, aber peinlich sauber, und auf dem Herd standen zahlreiche Töpfe, in denen es kochte und brodelte. Der bis zu der hohen weißen Mütze vorschriftsmäßig gekleidete Koch erwies sich als Neger, dessen Bauch die beste Reklame für seine Kochkünste war. Er lächelte Deakin mit makellos weißen Zähnen an.

»Guten Morgen, Sir.«

»Guten Morgen. Sie sind sicher Carlos, der Koch.«

»Stimmt.« Carlos strahlte. »Und Sie sind sicher Mr. Deakin, der Mörder. Sie kommen gerade rechtzeitig für eine Tasse Kaffee, Sir.«

Banlon stand mit Claremont auf der Plattform der Lokomotive und inspizierte den Tender. Schließlich beugte er sich hinaus und rief: »Das reicht. Vielen Dank.«

Sergeant Bellew hob bestätigend die Hand, drehte sich um und sagte etwas zu seinen Männern, die sich sofort dankbar auf den Weg zu ihren Waggons machten und binnen weniger Sekunden von dem wirbelnden Schneetreiben verschluckt wurden.

»Können wir weiterfahren, Banlon?« fragte Claremont.

»Sobald dieser Schneeschub vorüber ist, Colonel.«

»Natürlich. Übrigens – Sie wollten doch, daß der Bremser Sie ablöst. Das wäre jetzt ein guter Zeitpunkt.«

»Ich wollte zwar abgelöst werden«, sagte Banlon, »aber gerade jetzt wäre es denkbar ungünstig, Sir. Für die nächsten vier Kilometer muß Devlin unbedingt auf seinem Platz bleiben.«

»Für die nächsten vier Kilometer?«

»Ja. Bis wir auf dem Hangman's Pass sind. Jetzt kommt nämlich das steilste Stück der ganzen Strecke.«

Claremont nickte. »Ja, in diesem Fall könnte ein Bremser wirklich nützlich sein.«

5

Fort Humboldt lag am oberen Ende eines schmalen, felsigen Tals, das im Westen in eine Ebene überging. Die strategische Lage des Forts war hervorragend. Hinter ihm, im Norden, ragte steiler Fels auf. Im Osten und Süden wurde es von einer schmalen, aber sehr tiefen Schlucht begrenzt, deren östlichen Arm eine Eisenbahnbrücke überspannte. Die Bahnlinie selbst verlief vor dem Fort von Westen nach Osten und führte durch das gewundene Tal in die dahinterliegende Ebene hinaus. Vom Verteidigungsstandpunkt aus hätte Fort Humboldt nicht günstiger gelegen sein können. Es war nur über die Brücke oder durch das Tal zu erreichen, und in diesen beiden Richtungen war es für eine kleine Gruppe mutiger und gut verschanzter Männer ein leichtes, auch eine große Übermacht von Angreifern abzuwehren.

Architektonisch betrachtet wies das Fort nicht die geringsten Anzeichen von Einfallsreichtum auf. Es war Jahre vor der Fertigstellung der *Union Pacific Railway* anno 1869 erbaut worden, und zwar ausschließlich aus lokalem Baumaterial, das die reichlich vorhandenen Kiefernwälder in unbegrenzten Mengen lieferten. Die hölzerne Einfriedung war in der üblichen Form eines Quadrates gebaut und besaß etwa einen Meter unterhalb der Pfahlspitzen einen umlaufenden Steg. Das schwere Tor gegenüber der Eisenbahn und dem Fluß, der sich durch das Tal hinabschlängelte, öffnete sich nach Süden. Rechts neben dem Tor lag im Innern der Umzäunung das Wachtgebäude und auf der linken Seite das Depot für Waffen, Munition und Sprengstoff. Die ganze östliche Seite nahmen die Pferdestallungen ein. Gegenüber lagen die Mannschaftsquartiere und die Feldküche. Auf der nördlichen Seite befanden sich die Offiziersquartiere, die Verwaltung und das Telegraphenbüro, die Krankenstation und einige Räume für die Reisenden, die ausnahmslos erschöpft in Fort Humboldt Station machten – wenn sie es erreichten, hatten sie auf jeden Fall einen sehr weiten Weg hinter sich.

Auch jetzt näherte sich dem Fort von Westen her eine Gruppe Reisender, die sich offenbar nichts sehnlicher wünschte, als die Vorzüge eines Daches über dem Kopf und eines warmen Essens zu genießen. Es waren Indianer, die sich in dem vergeblichen Versuch, sich gegen die schneidende Kälte und den fallenden Schnee zu schützen, bis über die Ohren in ihre Kleidungsstücke gewickelt hatten. Sie wirkten müde, aber nicht so erschöpft wie ihre Pferde, die sich nur langsam durch den tiefen Schnee schleppten. Nur der Anführer, ein ungewöhnlich hellhäutiger und auffallend gutaussehender Indianer, schien nicht müde zu sein – er saß kerzengerade im Sattel. Aber das tat der Häuptling der Paiute eigentlich immer.

Er ritt seinen Männern voraus durch das offenstehende und unbewachte Tor, bedeutete ihnen zu warten und ritt weiter bis zu einer Holzhütte über deren Tür KOMMANDANTUR stand. Der Indianer stieg vom Pferd, ging die wenigen Stufen

Lageplan des Fort Humboldt

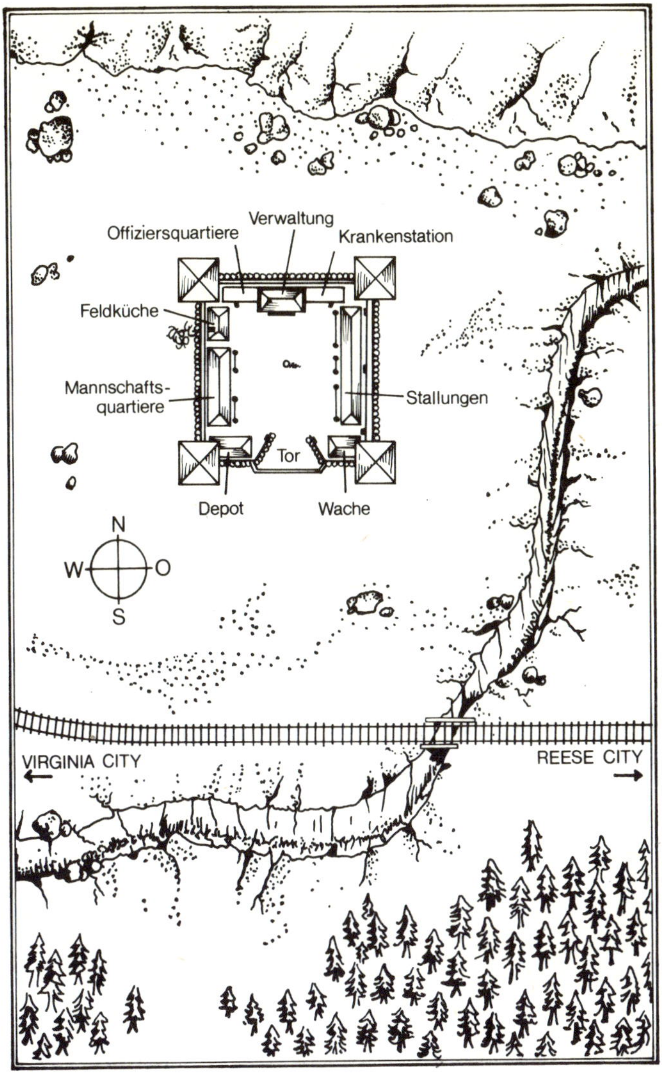

hinauf, trat in die Hütte und schloß eilig die Türe hinter sich, um den wirbelnden Schnee abzuwehren.

Sepp Calhoun saß in Colonel Fairchilds Schreibtischstuhl, hatte die Füße auf den Schreibtisch des Colonels gelegt und eine der Zigarren des Colonels in der einen und ein Glas vom besten Whisky des Colonels in der anderen Hand. Als der Indianer eintrat, blickte er auf, nahm die Beine vom Tisch und stand auf, eine höchst ungewöhnliche Respektbezeugung für Sepp Calhoun, der gewöhnlich vor niemandem Achtung zeigte. Aber diesem Indianer verweigerte kein Mensch seine Achtung. Jedenfalls kein zweites Mal ...

»Willkommen zu Hause, White Hand«, sagte Calhoun. »Du hast nicht lange gebraucht.«

»Bei solchem Wetter beeilt sich der kluge Mann so gut er kann.«

»Ist alles gut gegangen? Die Verbindung nach San Francisco –«

»Ist unterbrochen.« Mit einer hoheitsvollen, verächtlichen Geste lehnte White Hand die angebotene Flasche Whisky ab. »Wir haben die Brücke über die Anitoba-Schlucht zerstört.«

»Gut gemacht, White Hand. Wieviel Zeit haben wir?«

»Bis die Soldaten aus dem Westen hier sein könnten?«

»Ja. Sie haben zwar keinen Grund anzunehmen, daß hier etwas nicht stimmt und herzukommen, aber wir dürfen nichts riskieren.«

»Es steht viel auf dem Spiel, Sepp Calhoun.« Er überlegte kurz. »Drei Tage. Mindestens.«

»Das ist mehr als genug. Der Zug kommt morgen zwischen Mittag und Sonnenuntergang.«

»Die Soldaten im Zug –«

»Noch kein Wort.« Calhoun zögerte, dann räusperte er

sich und sagte: »Ruht euch jetzt ein paar Stunden aus. Vielleicht müßt ihr vor Einbruch der Dunkelheit noch einmal los.«

Schweigen legte sich über den Raum. White Hand betrachtete Calhoun mit völlig ausdruckslosem Gesicht, und dessen Nervosität wuchs sichtbar. Schließlich sagte der Indianer: »Es gibt Zeiten, Calhoun, in denen White Hand deinen Scharfsinn bezweifelt. Wir hatten über die Einnahme dieses Forts ein Abkommen getroffen, wie du dich sicher erinnerst. Du solltest mit deinen Freunden in den Stunden der Dunkelheit hier herkommen und um Quartier für die Nacht bitten. Man hätte euch aufgenommen, denn ihr seid weiße Männer, und es schneite stark. So weit, so gut. Dann solltet ihr die Nachtwache töten, das Tor öffnen, uns einlassen und die Soldaten in ihren Quartieren überwältigen.«

Calhoun griff nach der Whiskyflasche.

»Es war eine stürmische Nacht, White Hand. Und es schneite wirklich sehr heftig. Wir konnten nicht gut sehen. Wir dachten –«

»Der Sturm blies in euren Köpfen, und der Schnee kam aus dieser Flasche mit Feuerwasser. Ich habe es gerochen. Zwei der Wachtposten wurden übersehen. Sie warnten die anderen, und fünfzehn meiner tapfersten Männer starben, Calhoun. Feuerwasser! Whisky! Und dabei soll der weiße Mann besser sein als der rote!«

»Hör zu, White Hand. Du mußt verstehen –«

»Ich verstehe alles. Ich verstehe, daß du für dich sorgst und für deine Freunde, die alle böse Menschen sind, aber nicht für die Paiute. Wir reiten eine Nacht und einen Tag, um die Anitoba-Brücke zu zerstören. Und jetzt verlangst du, daß wir wieder reiten.«

Calhoun versuchte ihn zu besänftigen: »Doch nur *viel-*

leicht, White Hand. Es *muß* verhindert werden, daß die Soldaten hierher kommen. Das weißt du doch.«

»Ich verliere im Laufe der Zeit vielleicht noch mehr Männer, nein, nicht vielleicht – ganz sicher sogar. Vielleicht sogar sehr viele. Aber nicht für dich, Calhoun, nicht für deinen teuflischen Whisky. Die Armee des weißen Mannes ist mein Feind und wird es bleiben, solange White Hand lebt; sie hat meinem Volk zu vieles angetan. Aber auch sie hat tapfere und tüchtige Krieger. Und wenn sie herausfinden, daß es White Hand und die Paiute waren, die sie angegriffen haben, werden sie nicht ruhen, bis sie auch den letzten von uns getötet haben. Der Preis ist mir zu hoch, Sepp Calhoun.«

»Und wenn kein weißer Mann übrig bliebe, der erzählen könnte, was geschah?« Calhoun ließ White Hand Zeit, sich mit dieser Möglichkeit vertraut zu machen, bevor er leise und beschwörend fortfuhr: »Der Profit ist noch höher.«

White Hand überlegte sehr lange, aber schließlich nickte er mehrmals. »Der Profit ist noch höher.«

Fünfzehn Minuten nachdem der Truppentransportzug seinen beschwerlichen Weg zum Hangman's Pass wieder aufgenommen hatte, trat Marica im Tagesabteil der Offiziere ans Fenster und blickte hinaus. Sie schien weder die sechs hinter ihr sitzenden Männer noch die eisige Kälte der Scheibe zu bemerken, gegen die sie ihre Stirn preßte. Schließlich sagte sie laut zu sich selbst: »Eine herrliche Aussicht.«

Und damit hatte sie zweifellos recht: Der Schneesturm hatte sich gelegt, und von ihrem Standort aus konnte sie sehen, wie der Schienenstrang in sanftem Bogen durch das atemberaubend schöne Tal nach unten verlief, bis er die spinnenbeinige Brücke erreichte, die tief unten die Schlucht überspannte. Wie häufig nach heftigem Schneefall erschienen alle

Konturen ungewöhnlich scharf. Aber Claremont interessierte sich nicht für die Aussicht – ihn beschäftigten weit wichtigere und ausgesprochen unangenehme Dinge. »Kommen Sie mit Ihren Nachforschungen weiter, Marshal?« fragte er.

»Nein, Sir.« Pearce sah zwar nicht gerade gramzerfurcht aus – ein solches Gefühl zu produzieren, geschweige denn es auszudrücken, wäre ihm völlig unmöglich gewesen –, aber man hätte ihn gewiß nicht als heiter bezeichnen können. »Keiner weiß irgendwas, keiner hat irgendwas gesehen oder getan oder gehört, und keiner verdächtigt irgend jemanden. Nein, Sir, daß ich weitergekommen sei, kann ich wirklich nicht sagen.«

»Oh, ich weiß nicht«, widersprach Deakin. »Alles, was man ausklammern kann, bringt einen doch weiter. Ich zum Beispiel war gefesselt, also kann ich es nicht gewesen sein. Somit haben Sie es nur noch mit etwa achtzig Verdächtigen zu tun, Marshal. Für einen Mann, der –«

Er verstummte jäh, als ein scharfer Knall ertönte. Claremont sprang auf und rief alarmiert: »Was zum Teufel war das?«

Marica, die immer noch am Fenster stand, schrie: »O Gott! Um Himmels willen! Nein! Nein!«

Außer Claremont, Pearce und Deakin waren noch drei weitere Männer im Abteil: O'Brien, der Gouverneur und Reverend Peabody. Binnen zwei Sekunden waren alle am Fenster, und ihre Gesichter spiegelten das Entsetzen wider, das aus Maricas Stimme geklungen hatte – oder schien es nur so?

Die drei letzten Waggons – die beiden Waggons mit den Soldaten und der Bremswagen – hatten sich vom Zug gelöst und rollten mit rapide wachsender Geschwindigkeit den Weg zurück, den der Zug so mühsam heraufgekeucht war.

»Springt!« schrie Deakin. »Springt raus, bevor es zu spät ist.«

Aber niemand sprang.

Der mittlere der drei Waggons, in dem Sergeant Bellew einquartiert war, begann bereits höchst bedrohlich zu schwanken und zu rattern. Das Klicken der Räder ertönte in immer kürzer werdenden Abständen, und da die Klemmplatten, die die Schienen hielten, mit Nägeln und nicht mit Schrauben an den Schwellen befestigt waren, bestand in zunehmendem Maße die Gefahr, daß der Schienenstrang selbst sich zu lockern begann.

Nach der anfänglichen Verwirrung machte sich unter den Soldaten in den abwärts rollenden Waggons panische Angst breit. Alle kämpften darum, das Gleichgewicht zu behalten, aber die meisten wurden wie Puppen hin und her geschleudert. Je zwei Mann bemühten sich, von Bellews scharfer Stimme angefeuert, die beiden Seitentüren zu öffnen. Aber nach wenigen fruchtlosen Bemühungen gaben sie auf. Und plötzlich schrie einer der Soldaten mit überschnappender Stimme:

»Großer Gott! Die Türen sind versperrt! Von außen!«

Starr vor Entsetzen und außerstande zu helfen blickten die sechs Männer und das Mädchen den drei Waggons nach, die inzwischen mindestens einen Kilometer zurückgelegt hatten, immer noch schneller wurden und so gewaltig schwankten, daß sich die Räder bereits von den Schienen hoben.

»Devlin! Der Bremser!« schrie Claremont. »Um Gottes willen, warum tut er denn nichts?«

Der gleiche Gedanke beschäftigte auch Sergeant Bellew, wenn auch verständlicherweise mit noch größerer Eindringlichkeit.

»Der Bremser! Der Bremser! Warum tut er denn nichts?«

Bellew rannte stolpernd durch den wild schwankenden Waggon zur hinteren Tür, was insofern kein Problem darstellte, als der Mittelgang völlig leer war, da alle Soldaten ihre Gesichter gegen die Fenster preßten, und wie gelähmt in die verschwimmende Landschaft hinausstarrten.

Bellew erreichte die hintere Tür und zerrte mit aller Kraft an der Klinke. Aber auch diese Tür war versperrt. Bellew zog seinen Colt und feuerte über und neben das Schloß. Er schoß viermal, ohne zu merken, daß zwei Kugeln abprallten und durch den Waggon pfiffen – im Augenblick gab es tödlichere Gefahren für die Soldaten als Querschläger. Nach dem vierten Schuß gab die Tür unter dem verzweifelten Druck von Bellews Hand nach.

Er trat auf die Plattform hinaus und wurde fast im gleichen Augenblick von dem Sturm, der inzwischen fast Hurrikanstärke erreicht hatte, und einer besonders heftigen und plötzlichen Schlingerbewegung des Waggons umgeworfen. Um nicht abzustürzen, mußte er sich mit beiden Händen am Geländer festklammern, und dabei verlor er den Colt, den er in der Rechten gehabt hatte, auf Nimmerwiedersehen.

Bellew wagte einen selbstmörderischen Versuch, aber da die Gefahr eines plötzlichen Todes durch eigenes Verschulden nur der Gefahr eines plötzlichen Todes durch äußere Einflüsse gegenüberstand, hatte er nichts zu verlieren. Er sprang auf die vordere Plattform des Bremswaggons zu, erwischte das Geländer, zog sich hoch und näherte sich der Tür, die in den Bremswaggon führte. Er zerrte mit der ganzen Kraft an ihr, die ihm seine Verzweiflung verlieh, aber auch diese Tür war abgeschlossen. Bellew preßte sein Gesicht an die Scheibe neben der Tür und spähte ins Innere. Seine Augen weiteten sich, und sein Gesicht erstarrte.

Das schwere Bremsrad befand sich am Ende des Waggons,

aber die Hand, die es in Betrieb hätte setzen sollen, umklammerte statt dessen eine aufgeschlagene Bibel: Devlin lag mit dem Gesicht nach unten neben seinem Bett und zwischen seinen schmalen Schultern ragte der Griff eines Messers hervor.

Bellew löste seinen Blick von dem Toten und starrte mit blinden Augen auf die Landschaft, die der Zug jetzt mit einer Geschwindigkeit von nahezu hundert Stundenkilometern durchraste. Zum ersten Mal seit seiner Kinderzeit bekreuzigte er sich, und allmählich verschwand die Angst aus seinem Gesicht und machte stiller Resignation Platz.

Die sieben Menschen, die immer noch mit entsetzten Gesichtern den Waggons nachblickten, waren in dumpfes Schweigen versunken – es gab nichts mehr zu sagen. Das Schicksal der Soldaten war besiegelt.

Die drei Waggons hatten jetzt schon mehr als zwei Kilometer zurückgelegt und rasten – wie durch ein Wunder immer noch auf den Schienen – auf die letzte Kurve vor der Brücke zu.

Und dann kam das Ende der Katastrophe. Marica sah es kommen, wandte sich mit einem Ruck vom Fenster ab und schlug die Hände vors Gesicht. Die Waggons schossen über die Kurve hinaus – ob sie die Schienen mit sich rissen oder nicht, ließ sich aus der Entfernung nicht sagen –, kippten zur Seite, wurden von ihrem eigenen Schwung über den Rand des Abgrunds hinausgetragen und drehten sich träge in der Luft, bevor sie – noch immer aneinandergekoppelt – jetzt wieder in ihrer ursprünglichen Lage alle drei gleichzeitig mit dem Donnerknall eines detonierenden Munitionsdepots auf die gegenüberliegende Steilwand krachten. Einen Augenblick lang verharrten die bis zur Unkenntlichkeit verbeulten Waggons in dieser Lage, als seien sie an der Felswand festgenagelt, dann stürzten sie gespenstig langsam in die Tiefe und wurden schließlich vom Zwielicht verschluckt.

Die elf noch verbliebenen Passagiere des Zuges hatten sich am hinteren Ende des zweiten Pferdewaggons, der jetzt das Zugende bildete, versammelt und untersuchten die Kupplung, deren jetzt freies Endstück vorher mit dem ersten Truppenwaggon verbunden gewesen war: Drei der vier massiven Sicherungsbolzen hingen immer noch locker an ihrem Platz. Claremont starrte ungläubig auf sie hinunter. »Wie kann es nur passiert sein? Sehen Sie sich doch nur die Größe dieser Bolzen an!«

»Ich bin zwar nicht so verrückt, mit dem Gedanken zu spielen, in die Schlucht hinunterzusteigen und der Sache nachzugehen – es wäre sowieso sinnlos, weil die Waggons zweifellos völlig zertrümmert sind – aber ich wüßte zu gern, in welchem Zustand das Holz war, an dem diese Bolzen befestigt waren.«

»Ich dachte, ich hätte einen Schuß gehört ...«

»Vielleicht«, warf Deakin ein, »war es auch ein schwerer Holzbalken, der auseinanderbrach.«

»Natürlich«, sagte Claremont und ließ die Kette und die Platte fallen. »Natürlich, das muß es gewesen sein.«

»Aber warum sollte er ... Banlon, sie sind der Lokomotivführer. Und außerdem sind Sie der einzige Eisenbahner, den wir noch haben. Also müssen wir uns an Sie wenden.«

»Bei Gott, ich habe keine Ahnung. Vielleicht war das Holz verfault – so was kann vorkommen, ohne daß man es merkt – und dies hier ist tatsächlich die steilste Steigung in den Bergen. Aber ich kann nur Vermutungen anstellen. Aber das größte Rätsel ist mir, warum Devlin nicht gebremst hat.«

»Das wird wohl auch ein Rätsel bleiben«, sagte Claremont düster. Dann gab er sich einen Ruck: »Wie auch immer das

Unglück geschah, es ist passiert und wir ändern auch nichts mehr, wenn wir jetzt kostbare Zeit mit Mutmaßungen verschwenden. Es gibt wichtigeres zu tun. Als erstes müssen wir noch einmal versuchen, Verbindung mit Reese City oder Ogden zu bekommen – wir brauchen umgehend Ersatz für die armen Teufel. Gott schenke ihren Seelen den Frieden. Was für ein Ende! Die einzig angemessene Todesart für einen Kavalleristen ist es, durch Feindeshand zu fallen!« Claremont klang nicht ganz so dienstlich, wie er es gerne getan hätte, es kostete ihn offensichtlich einige Mühe, das Geschehene in den Hintergrund zu drängen. Er wechselte das Thema: »Ein Glück, daß wir wenigstens noch die Medikamente haben.«

Aber Deakin dämpfte seine Freude: »Das wird wohl auch nicht viel nützen.«

»Weshalb nicht?«

»Ohne einen Arzt, der weiß, wann man wem was und wieviel verordnet, sind sie so gut wie wertlos.« Man sah deutlich wie Claremont mit sich rang, aber schließlich überwand er sich doch und sagte: »Sie sind doch Arzt.«

»Nicht mehr.«

Ein enger Kreis von Zuhöhern bildete sich um die beiden. Selbst Marica, die immer noch leichenblaß war, kam interessiert näher.

»Aber, verdammt noch mal, Deakin, da oben herrscht die Cholera«, sagte Claremont wütend. »Ihre Mitmenschen –«

»Meine Mitmenschen werden mich aufhängen, und es ist die große Frage, ob sie damit bis nach der Gerichtsverhandlung warten werden. Zum Teufel mit meinen Mitmenschen. Und außerdem handelt es sich da oben, wie Sie selbst sagten, nicht um irgendeine Krankheit, sondern um die Cholera.«

Claremont starrte ihn voller Verachtung an: »Und das ist Ihr wahrer Grund?«

»Ich finde, es ist ein sehr guter Grund.«

Claremont wandte sich angewidert ab und blickte fragend in die Runde. »Ich habe nie Morsen gelernt. Kann jemand …«

»Ich bin zwar sicher nicht so gut wie Ferguson«, sagte O'Brien, »aber wenn Sie mir Zeit lassen …«

»Danke, Major. Henry, das Sendegerät steht vorne im Versorgungswaggon unter einer Plane. Bringen Sie es bitte ins Tagesabteil.« Er wandte sich an Banlon: »Makabererweise werden wir wohl sogar Nutzen aus dem grauenhaften Unglück ziehen – ohne die drei Waggons werden wir doch sicher schneller vorwärtskommen.« Diesmal war es Banlon, der seinem Optimismus einen Dämpfer aufsetzte. »Diese Rechnung geht nicht auf: Devlin war außer mir der einzige, der den Zug fahren konnte – und ich muß irgendwann einmal schlafen.«

»Mein Gott, das hatte ich ganz vergessen. Wollen Sie sich jetzt hinlegen?«

»Ich kann tagsüber doppelt so schnell fahren wie in der Nacht. Ich werde versuchen, bis zum Einbruch der Dunkelheit durchzuhalten. Aber dann werden wir – ich meine Rafferty und ich – ganz schön erledigt sein.«

»Das kann ich mir vorstellen.« Claremont starrte auf die Kupplung hinunter, die vor ihm auf dem Boden lag. »Und wie steht es mit der Sicherheit, Banlon?«

Banlon rieb sich nachdenklich die grauen Bartstoppeln und sagte schließlich: »Ich sehe kein Problem, Colonel. Und dafür habe ich Gründe: Erstens standen die Chancen für ein solches Unglück eins zu einer Million – ich habe noch nie von einem solchen Fall gehört – und zweitens ist die Wahrscheinlichkeit, daß das gleiche noch einmal passiert, verschwindend gering, denn die Lokomotive hat jetzt viel weniger Gewicht zu ziehen und demzufolge werden die Kupplungen geringer belastet. Drittens ist das hier die steilste Steigung der ganzen Strecke, und wenn wir die hinter uns haben, ist der Rest geradezu eine Spazierfahrt.«

»Sie sprachen von vier Dingen. Das waren erst drei.«

»Verzeihung, Sir.« Banlon rieb sich die Augen. »Ich bin wirklich schon müde. Viertens hole ich mir jetzt einen Hammer und einen Nagel und untersuche das Holz an allen Kupplungen.«

»Vielen Dank, Banlon.« Henry kam zurück. Der kummervolle Ausdruck auf seinem Gesicht hatte sich noch vertieft. »Fertig?« fragte Claremont.

»Nein.«

»Was heißt ›nein‹?«

»Der Sender ist verschwunden.«

»Was?«

»Jedenfalls ist er nicht im Versorgungswaggon.«

»Das ist doch ausgeschlossen!«

Henry starrte schweigend ins Leere.

»Sind Sie ganz sicher?« Allmählich gingen die Ereignisse über Claremonts Kräfte.

Henry bedachte den Colonel mit einem tief gekränkten Blick und sagte: »Ich möchte ja nicht unverschämt erscheinen, aber ich schlage vor, daß Sie selbst nachsehen.«

Claremont kämpfte seinen Blutdruck mannhaft nieder. »Durchsucht den Zug! Alle!«

»Moment mal, Colonel«, meldete sich Deakin. »Erstens ist von den zehn Leuten, mit denen Sie reden, Rafferty der einzige, über den Sie Befehlsgewalt haben – von den übrigen untersteht keiner Ihrem Kommando, weder direkt noch indirekt –, zugegebenermaßen eine seltsame Situation für einen Colonel, der prompten und absoluten Gehorsam gewohnt ist. Und zweitens glaube ich nicht, daß es einen Sinn hat, nach dem Sendegerät zu suchen.«

Claremonts Selbstbeherrschung war bewundernswert. Schweigend warf er Deakin einen kalten, fragenden Blick zu.

Deakin sagte: »Als wir heute morgen neues Brennmaterial aufnahmen, sah ich, wie jemand einen Kasten von der Größe eines Sendegeräts aus dem Versorgungswaggon holte und damit am Zug entlang in die Richtung ging, aus der wir gekommen waren. Der Schnee fiel ziemlich dicht und – nun, Sie wissen wohl alle noch, daß man kaum etwas sehen konnte, und es war mir nicht möglich zu erkennen, um wen es sich handelte.«

»So? Angenommen es war Ferguson, warum sollte er so etwas tun?«

»Woher soll ich das wissen? Diese Sache ist allein Ihr Problem. Und ich sehe nicht ein, weshalb ich Ihnen Ihre Denkarbeit abnehmen sollte.«

»Sie werden immer unverschämter, Deakin.«

»Ich glaube nicht, daß Sie sehr viel dagegen unternehmen können.« Deakin zuckte die Achseln. »Vielleicht wollte er das Gerät reparieren.«

»Und warum mußte er es dazu wegbringen?«

Deakin zeigte Anzeichen einer für ihn völlig uncharakteristischen Gereiztheit. »Woher zum Teufel soll ich –« Er brach ab. »Ist der Versorgungswaggon geheizt?«

»Nein.«

»Die Temperatur liegt weit unter dem Gefrierpunkt. Wenn Ferguson irgendwelche Reparaturen ausführen wollte, wird er das Gerät dazu wohl an einen wärmeren Ort gebracht haben – vermutlich in einen der Truppenwaggons. Und die liegen jetzt auf dem Grund der Schlucht. Ich hoffe, ich habe Ihre Frage damit zu Ihrer Zufriedenheit beantwortet.«

Claremont hatte sich völlig unter Kontrolle. »Das klingt alles sehr einleuchtend – *zu* einleuchtend, wenn Sie mich fragen.«

»Mein Gott, dann gehen Sie doch los und durchsuchen Sie Ihren verdammten Zug.«

»Nein. Wahrscheinlich haben Sie recht. Ich sehe jedenfalls keine andere Erklärung.« Er trat einen Schritt näher an Deakin heran. »Sie kommen mir irgendwie bekannt vor.« Deakin sah ihn kurz an, dann wandte er sich halb ab und starrte schweigend in die Ferne. »Waren Sie bei der Armee, Deakin?«

»Nein.«

»Ich meine bei der Union oder den Konföderierten?«

»Weder noch.«

»Weder noch?«

»Ich habe Ihnen schon mal gesagt, daß ich nichts für Gewalttätigkeiten übrig habe.«

»Wo waren Sie denn dann während des Bürgerkrieges?«

Deakin dachte nach und sagte schließlich: »In Kalifornien. Dort erschienen einem die Vorgänge im Osten unwichtig.«

Claremont schüttelte angewidert den Kopf: »Ihnen geht wohl nichts über Ihre eigene Sicherheit!«

»Ich kann nichts Ehrenrühriges daran finden«, erwiderte Deakin ruhig, wandte sich ab und ging langsam in Richtung Lokomotive davon. Henry blickte ihm nachdenklich nach. Dann wandte er sich an O'Brien und sagte: »Mir geht es wie dem Colonel – ich hab' ihn auch schon mal irgendwo gesehen.«

»Wer ist er?«

»Das weiß ich nicht. Und ich kann mich auch nicht erinnern, woher ich ihn kenne. Aber es wird mir schon wieder einfallen.«

Kurz nach Mittag hatte es erneut zu schneien begonnen, aber diesmal nicht so dicht, daß die Sicht nennenswert behindert gewesen wäre. Der Zug schnaufte in für die Wetterverhältnisse beachtlichem Tempo dahin, und die dicken, schwarzen Rauchwolken, die aus dem Schornstein der Lokomotive quollen, deuteten darauf hin, daß der Heizer mit Feuereifer bei der Sache war. Im Speisesalon hatten sich alle noch verbliebenen Passagiere zum Essen versammelt. Die Stimmung war düster. Claremont wandte sich an Henry: »Sagen Sie Mr. Peabody, daß wir essen.« Henry verschwand und Claremont sagte zum Gouverneur: »Der Appetit ist mir allerdings völlig vergangen.«

»Mir geht es genauso, Colonel.« Und wenn man ihn ansah, glaubte man ihm das auch: Er war leichenblaß, hatte dunkle Ringe unter den Augen und selbst der prächtige weiße Bart konnte die eingefallenen Wangen nicht vertuschen. Seine Ähnlichkeit mit Buffalo Bill wurde zusehends geringer. »Was für eine entsetzliche Reise! Was für eine schreckliche Reise! All diese prachtvollen Soldaten tot! Captain Oakland und Lieutenant Newell vermißt – wahrscheinlich auch längst tot! Und Dr. Molyneux ermordet! Und der Marshal hat keine Ahnung, wer – wer – mein Gott! Vielleicht ist der Mörder sogar hier in diesem Raum!«

»Die Chancen stehen zehn zu eins dagegen«, beruhigte ihn Pearce. »Es ist viel wahrscheinlicher, daß er unten in der Schlucht liegt.«

»Woher wollen Sie das wissen?« Der Gouverneur schüttelte langsam und verzweifelt den Kopf. »Was für eine grauenvolle Reise! Ich habe das Gefühl, es ist nur eine Frage der Zeit, wann das nächste Unglück geschieht.«

»Ich weiß es nicht«, sagte Pearce. »Aber nach Henrys Gesichtsausdruck zu urteilen, ist es bereits geschehen.«

Henry war mit schreckgeweiteten Augen in den Salon gestürmt und stieß mit heiserer Stimme hervor: »Ich kann ihn nicht finden, Sir. Er ist nicht in seiner Schlafkabine!«

Gouverneur Fairchild stöhnte hörbar. Er und Claremont tauschten einen ahnungsvollen Blick. Deakins Gesicht erstarrte für einen Augenblick, aber gleich darauf entspannte er sich wieder und sagte leichthin: »Weit kann er nicht sein – ich habe erst vor einer Viertelstunde mit ihm gesprochen.«

»Das habe ich gesehen«, bestätigte Pearce säuerlich. »Worum ging's denn?«

»Er versuchte meine Seele zu retten«, erklärte Deakin. »Selbst meine Erklärung, daß Mörder keine Seele haben, konnte ihn nicht ...«

»Schweigen Sie!« fuhr Claremont ihn an. »Den Zug durchsuchen!«

»Und anhalten, Sir?« fragte O'Brien.

»Anhalten? Wozu?«

»Vielleicht ist er noch im Zug. Vielleicht aber auch nicht. Und wenn nicht, muß er irgendwo auf der Strecke liegen – in eine Schlucht kann er nicht gestürzt sein, denn wir sind in der letzten Stunde an keiner vorbeigekommen. Falls wir ihn draußen suchen müssen, werden wir ein ganz schönes Stück zurückfahren müssen, und jeder Meter, den wir weiterfahren –«

»Sie haben recht! Henry, geben Sie Banlon Bescheid.«

Henry rannte nach vorn, während Claremont, der Gouverneur, O'Brien und Pearce sich ans Zugende begaben. Deakin blieb wo er war, er hatte offenbar nicht die Absicht, irgendwohin zu gehen. Marica starrte ihn mit kalten Augen an, und als sie schließlich die fest aufeinandergepreßten Lippen öffnete, war auch nicht eindeutig festzustellen, ob in ihrer Stimme die Feindseligkeit oder die Fassungslosigkeit überwog: »Er kann krank sein, verletzt – vielleicht liegt er sogar im Sterben! Und Sie bleiben einfach sitzen! Wollen Sie den anderen denn nicht suchen helfen?«

Deakin lehnte sich behaglich zurück, schlug die Beine übereinander, zündete sich eine Zigarre an und fragte erstaunt: »Ich? Bestimmt nicht! Was geht er mich an? Oder ich ihn? Zum Teufel mit Peabody!«

»Aber er ist so ein netter kleiner Mann!« Es war schwer zu sagen, worüber Marica mehr entsetzt war – über seine Pietätlosigkeit oder über seine Gleichgültigkeit. »Er hat sich doch zu Ihnen gesetzt und mit Ihnen geredet.«

»Ich hatte ihn nicht dazu aufgefordert.«

Marica sagte fassungslos und jedes Wort betonend: »Es ist Ihnen einfach gleichgültig!«

»So ist es.«

»Der Marshal hatte recht! Ich hätte auf ihn hören sollen! Hängen ist eine viel zu humane Todesart für Sie! Sie sind der gemeinste und selbstsüchtigste Mensch, den ich je kennengelernt habe!«

»Ein negativer Superlativ ist immer noch besser als gar keiner«, sagte Deakin gleichmütig. »Dabei fällt mir etwas ein, das auch eine Superlativbezeichnung verdient – allerdings eine positive.« Er stand auf. »Der Whisky des Gouverneurs. Ungestörter als jetzt werde ich ihn wohl kaum noch genießen können.«

Er trat auf den Gang hinaus und steuerte auf das Tagesabteil zu. Auf Maricas Gesicht mischte sich Zorn mit Verwirrung. Eine Zeitlang verharrte sie regungslos auf ihrem Platz, dann stand sie auf und ging leise hinter Deakin her. Als sie die Tür zum Tagesabteil erreicht hatte, stand er vor dem Barschrank, goß Whisky in ein Glas und leerte es in einem Zug. Marica sah verblüfft zu, wie Deakin das Glas erneut füllte.

Wieder nahm er einen kräftigen Schluck, trat ans Fenster und starrte scheinbar blicklos in das Schneetreiben hinaus. Auf seinem Gesicht lag ein Ausdruck unerbittlicher Grausamkeit.

Marica trat leise in das Abteil und war keine vier Schritte mehr von Deakin entfernt, als dieser sich plötzlich umdrehte. Sie wich zurück, als befürchtete sie, geschlagen zu werden. Deakin war so in Gedanken versunken gewesen, daß er mehrere Sekunden brauchte, um zu realisieren, wen er vor sich hatte. Als er Marica schließlich erkannte, glätteten sich seine Züge und er sagte vorwurfsvoll: »Sie haben mich ganz schön erschreckt.«

Marica trat zu ihm, hob eine Hand und berührte zögernd, fast furchtsam seinen Jackenaufschlag. »Wer sind Sie?« fragte sie kaum hörbar.

Er zuckte die Achseln. »John Deakin.«

»*Was* sind Sie?«

»Sie haben doch gehört, was der Marshal sagte –«

Er brach ab, als Stimmen auf dem Gang laut wurden. Gleich darauf betraten Claremont, gefolgt vom Gouverneur, Pearce und O'Brien das Abteil. Claremont sagte gerade: »Da er nicht im Zug ist, muß er hinausgefallen sein und irgendwo neben den Schienen liegen. Wenn wir zurückfahren, sagen wir fünf Kilometer –«

Fairchild unterbrach ihn: »Verdammt, Deakin, das ist mein Whisky!«

Deakin nickte bestätigend. »Er ist ausgezeichnet«, lobte er. »Der besteht vor jedem Kenner!«

Pearce trat schweigend auf ihn zu und ließ ohne Vorwarnung seine Handkante auf Deakins rechtes Handgelenk heruntersausen. Das Glas klirrte zu Boden.

»Was für ein tapferer Mann Sie sind, Marshal«, hörte Marica sich plötzlich zu ihrer eigenen Überraschung höhnisch sagen. »Ob Sie das wohl auch ohne Ihren Revolver wären?«

Alle außer Deakin starrten sie verblüfft an. Dann wandte Pearce seine Aufmerksamkeit wieder Deakin zu. Er musterte ihn verächtlich, zog seinen Colt aus der Tasche seines Revolvergürtels, warf ihn lässig auf das Sofa und grinste Deakin einladend an. Deakin verzog keine Miene. Pearce holte aus und schlug ihn mit der linken Faust mit aller Kraft ins Gesicht. Deakin stolperte rückwärts und ließ sich schwer auf das Sofa fallen. Nach einigen Sekunden, während sich die übrigen Männer peinlich berührt von seinem unmännlichen Verhalten abgewandt hatten, tupfte er sich das Blut von der aufgeplatzten Unterlippe, stand auf und ging zu der Tür hinüber, die auf den Gang hinausführte. Plötzlich kreischten die Bremsen auf, und alle stürmten an Deakin vorbei nach draußen, um Ausschau nach Peabody zu halten. Nur Marica war zurückgeblieben. Sie ging langsam auf Deakin zu, blieb vor ihm stehen, brachte ein hauchdünnes Batisttüchlein zum Vorschein und betupfte damit seine verletzte Lippe.

»Armer Mann«, sagte sie schließlich. »Nur noch so kurze Zeit zum Leben.«

»Noch bin ich nicht tot.«

»Ich meine nicht Sie. Ich meinte den Marshal.«

Sie ging auf den Gang hinaus und verschwand in ihrer Schlafkabine. Deakin sah nachdenklich hinter ihr her, dann trat er an den Barschrank und genehmigte sich noch einen Whisky.

Während Deakin den Whisky des Gouverneurs dezimierte, ließ Banlon den Zug langsam zu Tal rollen. Am Ende des Zuges standen auf der hinteren Plattform des zweiten Pferdewaggons vier bis zur Unkenntlichkeit vermummte Männer: Claremont und Pearce suchten die Strecke auf der rechten Seite ab, der Gouverneur und O'Brien auf der linken.

Aber Kilometer reihte sich an Kilometer, und nirgends war etwas zu sehen, und der Schnee fiel nicht so dicht, daß er in der kurzen Zeit hätte frische Fußspuren auslöschen oder gar den Körper eines Mannes unter sich begraben können. Reverend Peabody schien sich in Luft aufgelöst zu haben.

Claremont und O'Brien richteten sich im gleichen Augenblick auf und wandten der Landschaft den Rücken zu. Ihre Blicke trafen sich. Claremont schüttelte schweigend den Kopf. O'Brien nickte zögernd, drehte sich wieder um, beugte sich weit über das Geländer der Plattform und winkte. Banlon, der die ganze Zeit auf ein Zeichen gewartet hatte, winkte bestätigend zurück. Der Zug kam ruckend zum Stehen und begann dann erneut vorwärts zu fahren. Die vier Männer verließen zögernd ihren Beobachtungsposten und machten sich auf den Rückweg ins Tagesabteil.

Dort angekommen, versammelte Claremont die acht noch verbliebenen Passagiere um sich. Angst und Mißtrauen erfüllten die Atmosphäre. Alle Anwesenden schienen eifrig bemüht, die Blicke der anderen zu meiden – alle außer Deakin, der die übrigen interessiert betrachtete.

Claremont strich sich erschöpft über die Stirn.

»Es ist unfaßbar. Unbegreiflich! Wir *wissen,* daß Peabody nicht im Zug ist, aber wir wissen auch, daß er den Zug nicht verlassen haben kann. Ein Mensch kann doch nicht einfach spurlos verschwinden!« Claremont blickte in die Runde, aber es kam keine Reaktion – abgesehen von dem verlegenen Füßescharren, mit dem Carlos, der farbige Koch, seine Verwirrung über das ungewohnte Beisammensein mit diesen feinen Leuten kundtat. Claremont fuhr fort: »So was gibt es doch nicht, oder?«

»Anscheinend doch«, sagte Fairchild düster. »Schließlich *ist* er verschwunden!«

»Wie man's nimmt«, meinte Deakin.

»Was soll das heißen?« fuhr Pearce ihn wütend an. »Wissen Sie vielleicht etwas?«

»Nein. Woher auch? Ich war hier bis Henry Peabodys Verschwinden meldete. Miss Fairchild wird das bestätigen.«

Pearce wollte etwas erwidern, aber Claremont winkte ab und wandte sich an Deakin: »Haben Sie vielleicht eine Vermutung?«

»Ja. Es stimmt, daß wir in der Zeit, in der Peabody verschwunden sein muß, keine Schluchten überquert haben. Aber wir sind über zwei schmale Brücken gefahren – und beide hatten kein Geländer. Er könnte also aus dem Zug und von einer Brücke gestürzt sein, ohne eine Spur zu hinterlassen.«

O'Brien gab sich keine Mühe, seine Zweifel zu verbergen: »Eine interessante Theorie, Deakin. Jetzt brauchen Sie uns nur noch zu erklären, warum er aus dem Zug gestürzt sein soll!«

»Da er mir nicht den Eindruck machte, als sei er seines Lebens überdrüssig, wird er wohl von jemandem hinausgestoßen worden sein. Er war recht klein und zierlich. Ein großer, starker Mann hätte ihn mühelos hinauswerfen können. Ich frage mich, wer dieser Mann gewesen sein könnte. Ich war es nicht – ich habe ein Alibi. Miss Fairchild kann es auch nicht gewesen sein – erstens ist sie kein großer, starker Mann und zweitens bin ich ihr Alibi, wenn ich auch annehme, daß mein Wort für Sie wertlos ist. Aber Sie sind starke Männer! Alle miteinander. Sechs große, starke Männer!« Er hielt inne und betrachtete sie einzeln und in aller Ruhe. »Ich wüßte zu gern, wer von Ihnen es gewesen ist.«

Dem Gouverneur verschlug es fast die Sprache. »Lächerlich!« japste er. »Absolut lächerlich.«

»Sie sind wahnsinnig!« schnaubte Claremont.

»Ich suche nur nach einer Theorie, die den bekannten Tatsachen gerecht wird«, erklärte Deakin freundlich. »Oder hat irgend jemand eine bessere parat?«

Unbehagliches Schweigen war die Antwort. »Aber wer um alles in der Welt sollte einen harmlosen kleinen Mann wie Mr. Peabody töten wollen?« fragte Marica schließlich ratlos.

»Das weiß ich nicht. Aber es gibt noch einige andere, ebenso interessante Fragen: Wer hielt es für notwendig, einen harmlosen alten Arzt wie Dr. Molyneux umzubringen? Und wer könnte zwei – wie ich annehme – ebenfalls harmlose Offiziere wie Oakland und Newell beseitigen wollen?«

»Wer sagt denn, daß den beiden etwas zugestoßen ist?« fragte Pearce mißtrauisch.

Deakin betrachtete ihn lange und mitleidsvoll. Und schließlich sagte er: »Wenn Sie nach allem, was geschehen ist, glauben, daß ihr Verschwinden nur ein Zufall ist, dann wird es Zeit, daß Sie Ihr Dienstabzeichen an jemanden abtreten, der seinen Kopf nicht nur zum Haareschneiden hat! Übrigens würde ich Sie durchaus auch als großen, starken Mann bezeichnen, Marshal.«

Pearce wollte sich auf ihn stürzen, aber Claremont trat dazwischen und wenn es dem Colonel auch an einigem fehlte, so doch keineswegs an Autorität.

»Nein, Marshal! Es hat auf dieser Reise schon genug Gewalttätigkeiten gegeben!«

»Ganz meine Meinung!« dröhnte Fairchild. »Wir sollten uns bemühen, einen möglichst kühlen Kopf zu bewahren. Schließlich wissen wir gar nicht, ob überhaupt irgend etwas von dem, was dieser Spitzbube uns erzählt hat, der Wahrheit entspricht. Vielleicht ist Molyneux gar nicht ermordet worden. Und vielleicht ist Deakin in Wirklichkeit niemals Arzt gewesen. Er hat es zwar behauptet, aber wir sind uns doch wohl einig, daß seine Glaubwürdigkeit durch seinen Lebenswandel erheblich eingeschränkt ist.«

»Sie verleumden mich öffentlich, Gouverneur«, sagte Deakin. »Es gibt ein Gesetz, nach dem man für derart unbegründete Anschuldigungen Wiedergutmachung verlangen kann. Ich habe sechs Zeugen dafür, daß Sie mich verleumdet haben.« Deakin blickte zweifelnd in die Runde. »Allerdings wohl keine unvoreingenommenen.«

»Ein Gesetz!« Fairchild war puterrot angelaufen, und seine blutunterlaufenen Augen quollen beängstigend weit aus den Höhlen. »Ein Mörder wie Sie, ein Brandstifter, ein Mann, der das Gesetz mit Füßen getreten hat, wagt es, sich auf die geheiligte Verfassung unseres Landes zu berufen!« Er brach ab, weil er bemerkte, daß er sich momentan weit unter seinem rhetorischen Niveau befand und fuhr sachlich fort: »Wir wissen nicht, ob Oakland und Newell ermordet worden sind. Und wir wissen ebenso wenig, ob Peabody das Opfer eines –«

»Sie wollen nur nicht zugeben, daß Grund zur Angst besteht«, sagte Deakin. Aber nachdem er den Gouverneur lange betrachtet hatte, verbesserte er sich: »Vielleicht haben Sie aber auch gar keine Angst.« Der Gouverneur verpaßte die Gelegenheit, die folgende Pause auszunutzen, und Deakin fuhr sinnend fort: »Wenn das der Fall ist, müssen Sie ganz genau wissen, daß Ihnen persönlich keine Gefahr droht ...«

Der Gouverneur wurde blaß vor Zorn: »Bei Gott, Deakin, für diese Unterstellung werden Sie büßen, das schwöre ich Ihnen!«

Deakin sagte müde: »Ich soll büßen? Womit? Mit meinem Leben? Das ist bereits anderweitig verplant. Mein Gott, es ist wirklich fabelhaft: Ihr habt nichts anderes im Sinn, als mich der Justiz auszuliefern, und dabei ist einer unter euch, an dessen Händen das Blut von vier Männern klebt. Vielleicht nicht nur von vieren. Vielleicht das von vierundachtzig.«

»Vierundachtzig?« Fairchild sank in sich zusammen.

»Es wäre doch immerhin denkbar, daß nicht verfaultes Holz die Ursache für den Absturz der drei Waggons war.«

Deakin blickte eine Weile nachdenklich ins Leere und wandte sich schließlich wieder an den Gouverneur: »Wenn wir schon gerade dabei sind, alles aufzuzählen, was wir nicht wissen, dann müssen wir auch erwähnen, daß wir keinen Beweis dafür haben, daß für alle Vorfälle nur ein einzelner verantwortlich ist. Es ist ebenso gut möglich, daß zwei oder mehrere von Ihnen zusammenarbeiten, und in diesem Fall wären Sie in den Augen des Gesetzes alle gleichermaßen schuldig. Das habe ich in der Gerichtsmedizin gelernt, aber ich nehme nicht an, daß mir einer von Ihnen glaubt.« Mit diesen Worten drehte er sich um, stützte die Ellbogen auf die Fensterband und blickte in das trübe, schneeverhangene Zwielicht hinaus.

6

Banlon brachte die Lokomotive zum Stehen, sicherte das Bremsrad, versperrte es und zog den schweren Schlüssel ab. Dann wischte er sich müde mit einem Lumpen über die Stirn und wandte sich an Rafferty, der mit halb geschlossenen Augen an der Wand des Führerhauses lehnte: »Mir reicht's. Ich kann nicht mehr.«

Rafferty nickte: »Ich fühle mich wie gestorben.«

Banlon spähte in die Dunkelheit hinaus und schüttelte sich. »Na, dann wollen wir zwei Leichen mal zu Ihrem Colonel gehen.«

Der saß zu diesem Zeitpunkt so nah wie nur möglich neben dem brennenden Holzofen, und auch der Gouverneur, O'Brien, Pearce und Marica drängten sich um ihn. Deakin kauerte in einer entlegenen Ecke auf dem Boden und wie schon einmal, war er auch diesmal der einzige, der kein Glas in der Hand hatte.

Die Tür zur vorderen Plattform ging auf, ein eisiger Windstoß fegte herein und Banlon und Rafferty beeilten sich die Türe hinter sich zu schließen. Die beiden Männer sahen blaß und völlig erschöpft aus. Banlon mußte gähnen und hatte große Mühe, seinen weitaufgerissenen Mund hinter seiner Hand zu verbergen. Nachdem er ein zweites Mal ausgiebig gegähnt hatte, sagte er: »So, das wär's, Colonel. Wenn wir uns jetzt nicht hinlegen, fallen wir Ihnen vor die Füße.«

»Sie haben gute Arbeit geleistet, Banlon. Ganz ausgezeichnete sogar. Ich werde nicht versäumen, Ihre Vorgesetzten bei der Union Pacific davon in Kenntnis zu setzen. Und was Sie betrifft, Rafferty – auf Sie bin ich wirklich stolz.« Claremont überlegte kurz und sagte dann: »Sie können meine Koje haben, Banlon; und sie Rafferty, nehmen die vom Major.«

»Danke.« Banlon gähnte ein drittes Mal. »Noch eins, Colonel: Jemand muß die Maschine unter Dampf halten.«

»Das halte ich für Verschwendung von Brennmaterial. Kann man das Feuer nicht einfach ausgehen lassen und wieder anzünden?«

»Ausgeschlossen.« Banlons entschiedenes Kopfschütteln schloß jede weitere Diskussion aus. »Das würde wieder ein paar Stunden kosten und genausoviel Brennstoff erfordern wie das Weiterheizen. Aber das ist nicht das wichtigste – der Hauptgrund ist ein anderer: Wenn das Feuer ausgeht und das Wasser in den Röhren der Kondensatoren gefriert – nun, Colonel, zu Fuß ist es noch verdammt weit bis Fort Humboldt.« Deakin stand mühsam auf, als seien seine Gelenke eingefroren: »Ich halte nichts von Fußmärschen. Ich werde mich um das Feuer kümmern.«

»Sie?« Pearce hatte sich ebenfalls erhoben und musterte ihn mißtrauisch. »Wieso diese plötzliche Anwandlung von Hilfsbereitschaft?«

»Ich bin nicht die Spur hilfsbereit; einem von Ihnen zu helfen wäre das letzte, was mir in den Sinn käme. Aber erstens steht mein Leben genauso auf dem Spiel wie Ihres – und Sie wissen mittlerweile alle, wie sehr ich am Leben hänge. Zweitens bin ich außerordentlich feinfühlig, Marshal, und spüre demzufolge, daß ich hier nicht sonderlich gern gesehen bin. Drittens ist mir kalt – hier ist es reichlich zugig – und in der Lokomotive ist es warm und gemütlich. Viertens lege ich keinen Wert darauf, den Rest der Nacht zuzusehen, wie Sie alle Whisky trinken. Fünftens fühle ich mich um so sicherer, je weiter ich von Ihnen entfernt bin – damit meine ich Sie, Pearce, und sechstens bin ich der einzige, dem man trauen kann – oder haben Sie vergessen, Marshal, daß ich als einziger in diesem Zug über jeden Verdacht erhaben bin?«

Deakin drehte sich um und sah fragend zu Banlon hinüber, der seinerseits den Colonel anblickte. Claremont zögerte, dann nickte er.

Banlon sagte: »Das Holz im Ofen muß alle halbe Stunde aufgelockert werden. Legen Sie immer soviel nach, daß der Zeiger des Druckmessers immer zwischen dem blauen und dem roten Strich steht. Wenn er den roten Strich überschreitet – das Dampfablaßventil finden Sie neben dem Druckmesser.«

Deakin nickte und ging. Pearce blickte ihm skeptisch nach und wandte sich dann an Claremont:

»Mir gefällt das nicht. Was sollte ihn daran hindern, die Lokomotive abzukuppeln und allein davonzudampfen? Wir wissen alle, daß dieser Verbrecher vor nichts zurückschreckt.«

»Das hier wird ihn daran hindern, Marshal«, sagte Banlon und zeigte ihm den Schlüssel. »Ich habe das Bremsrad abgesperrt. Wollen Sie den Schlüssel an sich nehmen?«

»Nichts lieber als das.« Pearce nahm ihn, setzte sich, streckte die Beine aus und griff nach seinem Glas. O'Brien stand auf und nickte Banlon und Rafferty zu.

»Ich zeige euch, wo ihr schlafen könnt.«

Die drei Männer verließen das Abteil. O'Brien führte Banlon in die Kabine des Colonels, und dann brachte er Rafferty in sein eigenes Abteil. »Zufrieden?«

Während Rafferty sich pflichtschuldigst respektvoll umsah, holte O'Brien hinter seinem Rücken eine Whiskyflasche aus einem Schrank und hielt sie in den Gang hinaus, damit der Soldat sie nicht sehen konnte. Rafferty sagte: »Natürlich. Ich danke Ihnen vielmals, Sir.«

»Schön. Na dann gute Nacht.« O'Brien schloß die Tür und ging zur Kombüse. Ohne anzuklopfen trat er ein und zog die Tür hinter sich zu. Der Raum war winzig, und zwischen dem Herd und den Schränken für Töpfe, Pfannen, Geschirr und Lebensmittel hatte der Koch kaum noch die Möglichkeit, sich umzudrehen. Aber Carlos und Henry, die beide auf winzigen Hockern saßen, schienen die Räumlichkeiten nicht im geringsten beengend zu finden. Als O'Brien eintrat, blickten sie auf: Henry wie immer kummervoll und der Verzweiflung nahe, und Carlos wie üblich strahlend lächelnd.

O'Brien stellte die Whiskyflasche auf den kleinen Arbeitstisch: »Das werdet ihr brauchen. Und die wärmsten Sachen, die ihr finden könnt. Draußen ist es eiskalt. Ich bin bald zurück.« Er blickte sich um. »Hättet ihr in euren eigenen Quartieren nicht viel mehr Platz?«

»Doch, das schon, Mr. O'Brien.« Carlos lächelte breit und deutete auf den Herd, der vor Hitze fast glühte. »Aber dort hätten wir den da nicht. Die Küche ist der wärmste Platz im ganzen Zug.«

Der zweitwärmste Platz war zweifellos das Führerhaus der Lokomotive. Im Augenblick war es allerdings um einige Grade kälter als normalerweise, weil heftige Windstöße fast ununterbrochen Schnee hereinwirbelten. Aber Deakin merkte nichts davon. Im roten Schein der Flammen, der aus dem offenen Feuerloch drang, glänzte sein Gesicht vor Schweiß.

Er warf das vorläufig letzte große Holzscheit in den Ofen, richtete sich auf und schaute auf den Druckmesser: Der Zeiger stand dicht unter der roten Markierung. Er nickte zufrieden und schloß die Ofenklappe. Unvermittelt lag das Führerhaus fast im Dunkeln. Deakin nahm eine der beiden nur schwach leuchtenden Petroleumlampen vom Haken und ging damit in den Tender, der immer noch zu zwei Dritteln mit Holzscheiten gefüllt war. Er stellte die Lampe auf den Boden und begann fieberhaft das Holz von der rechten Seite auf die linke zu stapeln.

Fünfzehn Minuten später war er buchstäblich in Schweiß gebadet, und das obwohl die Temperatur in dem völlig ungeschützten Tender nahe dem Gefrierpunkt lag. Aber er hatte in dieser kurzen Zeit auch immerhin mehr als die Hälfte der Scheite umgeschichtet. Er richtete sich erschöpft auf, rieb sich den schmerzenden Rücken, drehte sich um, ging ins Führerhaus zurück und prüfte den Druckmesser: Der Zeiger war inzwischen unter die blaue Markierung gefallen. Deakin öffnete hastig die Feuerklappe, stocherte in der Glut herum, warf noch ein paar Scheite in das Feuerloch, schloß die Klappe und kehrte zu seiner zermürbenden Tätigkeit im Tender zurück, ohne den Druckmesser auch nur noch eines weiteren Blickes zu würdigen.

Er hatte noch keine zwanzig Kloben umgeschichtet, als er seine Arbeit unterbrach und die Petroleumlampe hochhielt, um den verbliebenen Stapel besser sehen zu können. Gleich darauf stellte er die Lampe wieder neben sich auf den Boden und räumte noch etwa ein Dutzend Scheite weg, ehe er erneut nach der Lampe griff. Langsam ließ er sich auf die Knie nieder, und sein normalerweise ausdrucksloses Gesicht verzerrte sich vor Zorn.

Die beiden nebeneinander liegenden Männer waren unverkennbar tot und steif gefroren. Deakin hatte das Holz von den Oberkörpern und Gesichtern entfernt. Beide Männer hatten klaffende Kopfwunden, beide trugen Uniformen von Offizieren der US-Kavallerie – der eine die eines Captain, und der andere die eines Lieutenant. Ohne Zweifel handelte es sich um Oakland und Newell, die Offiziere, die Claremont vermißte.

Als Deakin sich aufrichtete, war sein Gesicht wieder so ausdruckslos wie eh und je – Gefühlsäußerungen waren für ihn ein Luxus, den er sich nicht leisten konnte. Eilig machte er sich daran, den Holzstapel wieder in seinen ursprünglichen Zustand zu versetzen. Da er dabei äußerst sorgfältig vorgehen mußte, inzwischen aber vor Müdigkeit kaum noch die Augen offenhalten konnte, brauchte er dazu fast doppelt so lange wie zum Abräumen.

Als er fertig war, prüfte er den Druckmesser und stellte fest, daß der Zeiger weit unter die blaue Linie gesunken war. Deakin öffnete die Feuertür und warf so viele Scheite in die Öffnung, wie die Feuerbüchse faßte. Dann knallte er die Klappe zu, schlug seinen Kragen hoch, zog den Hut tief in die Stirn und trat aus dem Führerhaus in den eisigen Schneesturm hinaus.

Ohne sich darum zu kümmern, ob man ihn sah – die Sicht war inzwischen sowieso fast gleich Null – ging er am Schienenstrang entlang zurück bis zum Ende des zweiten Waggons, in dem sich die Kombüse und die Schlafquartiere der Offiziere befanden. Dort blieb er abrupt stehen und hob den Kopf. Ganz deutlich hörte er ein seltsames Gluckern. Vorsichtig spähte er um die Ecke:

Auf dem Geländer der vorderen Plattform des dritten Waggons, der die Vorräte enthielt, saß ein Mann und war damit beschäftigt, in Windeseile eine Flasche zu leeren. Da der Wind den Schnee jetzt fast horizontal und parallel zum Zug vor sich her trieb, hatte der Mann lediglich unter der beißenden Kälte zu leiden. Es war Henry, der Steward.

Deakin seufzte unhörbar erleichtert auf, ging dicht am Zug entlang, ein paar Schritte zurück, löste sich aus dem Schutz des Waggons und näherte sich in einem Halbkreis vorsichtig dem Ende des Versorgungswaggons. Auf Händen und Knien kroch er langsam vorwärts und blickte nach oben: Auf der hinteren Plattform war ebenfalls ein Posten: Carlos' schwarzes Mondgesicht war nicht zu verwechseln, auch wenn es jetzt begreiflicherweise nicht zu einem breiten Lächeln verzogen war.

Deakin schlich – wiederum in einem weiten Halbkreis – zum Ende des ersten Pferdewaggons, stieg auf die Plattform, stahl sich unbemerkt ins Innere und zog die Tür hinter sich zu. Als er durch den Waggon nach vorne ging, wieherte eines der Pferde nervös, Deakin trat zu ihm, strich ihm über den Hals und flüsterte ihm besänftigende Worte ins Ohr; das Pferd beschnupperte sein Gesicht und beruhigte sich. Selbst wenn Carlos das Geräusch gehört hätte, hätte er wohl kaum Verdacht geschöpft, denn ein Wiehern war in einem Pferdewaggon schließlich nichts Ungewöhnliches.

Als Deakin am vorderen Ende des Waggons angelangt war, spähte er durch eine Ritze in der Tür nach draußen: Carlos starrte mißmutig auf seine vermutlich sehr kalten Füße hinunter. Deakin wandte sich dem Verschlag zu seiner Linken zu, der das Heu für die Pferde enthielt. Mit größter Sorgfalt und völlig geräuschlos entfernte er die oberen Latten und einen Armvoll Heu, hob das Sendegerät aus der Mulde, legte das Heu und die Latten wieder an ihren Platz, ging mit dem Sender zum Ende des Waggons, trat hinaus, sah sich hastig nach beiden Seiten um und machte sich auf den Weg zum Ende des Zuges.

Etwa fünfzig Meter dahinter stand ein Telegraphenmast. Deakin wickelte die Schleppleitung von dem Gerät ab und befestigte das eine Ende an seinem Gürtel. Dann begann er den Mast hinaufzuklettern.

Aber nach etwa einem Meter kam er nicht mehr weiter. Der Mast war von einem dicken Eismantel umhüllt, der nirgends Halt bot und jeden weiteren Aufstieg unmöglich machte. Deakin sprang auf den Boden zurück, dachte einen Augenblick nach, riß dann ein Stück Stoff aus seinem Hemd und zerriß den Fetzen in zwei Teile.

Dann ging er zu einem der beiden Drahtseile, die den Mast hielten, schlang die Beine darum und zog sich mit den durch die provisorischen Handschuhe aus dem Stoff seines Hemdes notdürftig geschützten Händen Stück für Stück daran hoch. Es war eine ziemlich mühsame Arbeit, denn seine Kraftreserven waren schon sehr reduziert, aber er schaffte es. Als er die Mastspitze erreicht hatte und rittlings auf dem Querbalken saß, stellte er alarmiert fest, daß seine eiskalten Hände ihm nicht mehr gehorchten – in diesem Augenblick waren Erfrierungen das letzte, was er brauchen konnte.

Zwei Minuten lang rieb und knetete er seine Hände, und der Schmerz, mit dem die Blutzirkulation wieder einsetzte, überzeugte ihn, daß er diesem Mißgeschick noch einmal entgangen war. Er löste die Schleppleitung des Senders von seinem Gürtel, befestigte sie an einem Telegraphendraht und kehrte auf dem gleichen Weg, den er gekommen war, auf den Boden zurück, und das so schnell, daß seine Hände wie Feuer brannten. Er öffnete den grauen Kasten und beugte sich über ihn, um ihn so weit wie möglich vor dem Schneetreiben zu schützen. Dann begann er zu senden.

In Fort Humboldt, wo das Wetter nicht besser war, saßen White Hand, Sepp Calhoun und zwei weitere weiße Männer im Büro des Kommandanten. Calhoun hatte wie üblich seine Füße auf Fairchilds Schreibtisch und war wiederum damit beschäftigt, die Whisky- und Zigarrenvorräte des Colonels zu dezimieren. White Hand saß aufrecht in einem hochlehnigen Stuhl und würdigte das vor ihm stehende Glas keines Blickes. Plötzlich wurde die Tür aufgerissen, ein bärtiger Mann stürmte herein und rief: »Schnell! Es kommt eine Nachricht durch!«

Calhoun und White Hand wechselten einen kurzen Blick, sprangen auf und eilten hinaus. Als sie das Telegraphenbüro betraten, war Carter noch damit beschäftigt, die Nachricht niederzuschreiben. Calhoun warf ihm und Simpson, dem anderen Telegraphisten, einen kurzen Blick zu, nickte zu den beiden Wachposten hinüber und flegelte sich in den Schreibtischsessel. White Hand blieb stehen. Carter hörte auf zu schreiben und gab Calhoun das Stück Papier hinüber. Der warf einen Blick darauf, und sein Gesicht verzerrte sich vor Wut.

»Verdammt! Verdammt! Verdammt!«

»Gibt es Ärger, Sepp Calhoun? Ärger für White Hand?« fragte White Hand mit ruhiger Stimme.

»Das kann man wohl sagen! Hör zu: ›Anschlag auf Truppenwaggons fehlgeschlagen. Schwerbewaffnete Wachen auf allen Waggons. Vorsicht geboten.‹ Wie in Gottes Namen haben die verdammten Idioten –«

»Diese Reden nützen nichts, Calhoun.« White Hand sah ihn ausdruckslos an. »Meine Männer und ich werden helfen.«

»Es ist eine schlimme Nacht.« Calhoun trat zur Tür, öffnete sie und ging hinaus. White Hand folgte ihm und schloß die Tür hinter sich. Bereits Sekunden später waren die beiden Gestalten weiß vor Schnee.

Calhoun sagte: »Es ist wirklich eine schlimme Nacht, White Hand.«

»Aber ich bekomme viel dafür. Das hast du selbst gesagt, Sepp Calhoun.«

»Glaubst du wirklich, daß du es schaffen kannst?«

White Hand nickte. »Ausgezeichnet. Auf der einen Seite zur Einfahrt zum Nevada Pass ragt eine Felswand in die Höhe und auf der anderen geht es steil in die Tiefe. Dort findet ihr genügend Felsen, hinter denen ihr euch verbergen könnt. Eure Pferde könnt ihr bereits einen halben Kilometer vorher stehen lassen und –«

»White Hand weiß selbst, was zu tun ist.«

»Natürlich. Entschuldige. Komm jetzt. Wir müssen ihnen sagen, daß sie Banlon anweisen sollen, den Zug dort anzuhalten. Du wirst leichtes Spiel haben, White Hand.«

»Ich weiß, aber die Sache gefällt mir nicht. Ich bin ein Krieger, und ich lebe um zu kämpfen. Aber ein Gemetzel ist nicht meine Sache.«

»Wie du vorhin sehr richtig sagtest: du bekommst viel dafür.«

White Hand nickte schweigend, und die beiden Männer kehrten in das Telegraphenbüro zurück, in dem Carter gerade dabei war, eine Nachricht zu senden. Calhoun deutete ihm mit einer Handbewegung, aufzuhören, setzte sich an den Schreibtisch, nahm einen Zettel und schrieb eine kurze Mitteilung, gab sie an Carter weiter und sagte zu Simpson: »Paß gut auf, mein Freund!«

Carter sendete die Nachricht, während Simpson mitschrieb. Als er fertig war, befahl Calhoun: »So, Simpson, lies vor.«

»›Instruiert Banlon, den Zug zweihundert Meter nach Einfahren in die östliche Zufahrt zum Nevada Pass anzuhalten.‹«

Calhoun nickte Carter wohlwollend zu: »Wenn du weiterhin so gut spurst, hast du eine reelle Chance, alt zu werden.« Als er den Satz beendet hatte, kam die Antwort auf seinen Befehl durch die Kopfhörer. Sie war sehr kurz und Carter las sie vor, ohne auf die übliche Bestätigung durch Simpson zu warten:

»Verstanden. Ende.«

Calhoun lächelte so freundlich, wie das bei seinen Zügen möglich war und sagte: »Jetzt haben wir sie, White Hand.«

Nach Deakins Gesichtsausdruck zu urteilen, war er nicht ganz dieser Meinung. Er nahm die Kopfhörer ab, riß das Schleppkabel von der Telegraphenleitung und versetzte dem Sendegerät einen heftigen Stoß. Es stürzte einen steilen Hang hinunter und verschwand in der Dunkelheit. Deakin rannte los, schlug einen weiten Bogen um den Zug, erreichte das Führerhaus der Lokomotive, wischte sich den Schnee aus dem Gesicht und blickte auf den Druckmesser.

Der Zeiger war gefährlich weit unter die blaue Linie gefallen. Deakin öffnete die Feuertür, sah die nur noch sehr schwach glühende Asche und begann die Feuerbüchse erneut mit Holz zu füllen. Diesmal nahm er sich Zeit und wartete geduldig, bis der Zeiger des Druckmessers bis knapp über die rote Linie geklettert war. Banlon hatte ihm zwar gesagt, daß dies die Gefahrengrenze sei, aber das schien Deakin wenig zu kümmern. Er schloß die Tür zu der nunmehr rotglühenden Feuerbüchse, nahm eine Ölkanne und zwei Schwellennägel aus Banlons Werkzeugkasten, schlug den Kragen hoch und verließ das Führerhaus wieder.

Er ging erneut in einem weiten Bogen um den Zug herum bis zur hinteren Plattform des Versorgungswaggons. Carlos saß zusammengekauert und zitternd an der gleichen Stelle wie zuvor und bemühte sich vergeblich, sich mit Hilfe einer Flasche Whisky über die beißende Kälte hinwegzutrösten. Deakin nickte zufrieden, ließ sich auf Hände und Knie nieder, kroch seitlich unter den Waggon und bis zur Mitte des Schienenstranges, stützte sich auf die Ellbogen und schob sich langsam über die Schwellen zwischen den hinteren Drehgestellen des Waggons. Schließlich hielt er inne und drehte sich unendlich vorsichtig auf den Rücken.

Direkt über sich sah er die festgeschraubte Kupplung, die den Versorgungswaggon mit dem ersten Pferdewaggon verband. Darüber waren die hintere Plattform des Versorgungswaggons und die vordere Plattform des Pferdewaggons zu sehen. Auf ersterer und keine zwei Meter von Deakin entfernt, saß deutlich sichtbar Carlos.

Sorgfältig bemüht, jedes verräterische Geräusch zu vermeiden, versuchte Deakin, die Kupplung aufzuschrauben. Aber er merkte gleich, daß er nichts erreichen würde, außer die Haut seiner Handflächen einzubüßen. Er ließ die Kupplung los, hob die Kanne und spritzte Öl auf das Schraubgewinde. Plötzlich hörte er ein Geräusch, stellte die Kanne in den Schnee und drehte sich ganz langsam um, bis er wieder nach oben blickte.

Das Geräusch hatte offensichtlich Carlos verursacht, als er seine Flasche hingestellt hatte. Jetzt richtete er sich auf und begann schwerfällig auf der Plattform auf und ab zu gehen, stampfte mit den Füßen und schlug die Arme um sich, um die Blutzirkulation zu beschleunigen. Aber nach ein paar Sekunden gab er dieses ebenso anstrengende wie fruchtlose Unterfangen auf und kehrte zu seiner Whiskyflasche zurück.

Deakin machte sich wieder an die Arbeit. Aber auch diesmal tat sich nichts. Behutsam löste er seinen Griff und kramte die beiden Schwellennägel aus seiner Tasche; verglichen mit dem Kupplungsgestänge waren sie fast warm. Langsam und vorsichtig schob er die Nägel in die Kupplungsgelenke und drehte. Die zusätzliche Hebelwirkung half: leise quietschend gab das Gewinde nach. Deakin hielt den Atem an und blickte nach oben. Carlos richtete sich auf, blickte sich mürrisch um und kauerte sich schließlich wieder mit seiner Whiskyflasche in den Windschatten.

Sofort wandte Deakin seine Aufmerksamkeit wieder der Kupplung zu. Abwechselnd nahm er die Ölflasche und die Schwellennägel zu Hilfe, und bald hatte er das Gewinde bis auf zwei oder drei Umdrehungen aufgeschraubt. Er zog die Nägel heraus und beendete seine Arbeit mit den Händen. Die beiden Teile der Kupplung lösten sich voneinander, und er ließ sie langsam und vorsichtig herunter, bis sie senkrecht am Ende ihrer Ketten hingen.

Dann hob er den Kopf: Carlos hatte sich nicht bewegt. Auf Ellbogen und Knien schob sich Deakin den Weg zurück, den er gekommen war, kroch unter dem Zug hervor und kehrte in einem weiten Bogen zum Führerhaus der Lokomotive zurück. Der Zeiger des Druckmessers stand auf der blauen Linie. Nachdem er die Feuerbüchse wieder gefüllt hatte– eine Arbeit, die Deakin zunehmend lästig fand – stand der Zeiger bald wieder auf Rot. Deakin sank erschöpft auf einen Klappsitz in der Ecke und schloß die Augen.

Es ließ sich unmöglich sagen, ob er schlief oder nicht, aber wenn ja, dann mußte er in seinem Gehirn eine Art Zeitschaltuhr haben, denn er stand in regelmäßigen Abständen auf, warf ein paar Holzscheite in die Feuerbüchse und kehrte wieder auf seinen Platz zurück. Als Banlon und Rafferty mit

O'Brien ins Führerhaus kamen, fanden sie ihn zusammengesunken auf dem Klappsitz, den Kopf gesenkt und das Kinn auf der Brust. Er schien zu schlafen. Plötzlich fuhr er hoch.

»Etwas anderes hatte ich nicht erwartet«, sagte O'Brien verächtlich. »Bei der Arbeit eingeschlafen!«

Deakin schwieg und zeigte mit dem Daumen in Richtung auf den Druckmesser. Banlon trat näher und überprüfte ihn.

»Lange kann er aber nicht geschlafen haben, Major. Der Druck ist genau richtig.« Er drehte sich um und warf einen Blick auf den Tender: die Holzscheite waren säuberlich aufgestapelt und nichts ließ erkennen, daß sie umgeschichtet worden waren. »Und Brennmaterial hat er auch nicht mehr verbraucht als normal. Ganz gute Arbeit, würde ich sagen. Aber er kennt sich ja auch mit Feuer aus. Wenn man an Lake's Crossing denkt –«

»Schon gut, Banlon.« O'Brien wandte sich um. »Kommen Sie mit, Deakin.«

Deakin erhob sich steifbeinig und blickte auf seine Uhr. »Mitternacht! Dann war ich sieben Stunden hier anstatt vier!«

»Banlon brauchte den Schlaf. Was wollen Sie, Deakin? Etwa Mitleid?«

»Nein, etwas zu essen!«

»Carlos hat das Abendessen fertig.« Deakin fragte sich, wann er das wohl gemacht hatte. »Gehen Sie in die Küche. Wir haben schon gegessen.«

»Das kann ich mir denken.«

O'Brien und Deakin kletterten aus dem Führerhaus und gingen an den Schienen entlang zum vorderen Ende des ersten Waggons. Auf der Plattform angekommen, beugte sich O'Brien über das Geländer und winkte. Banlon winkte zurück und verschwand im Innern des Führerhauses. O'Brien öffnete die Tür zum Tagesabteil der Offiziere.

»Kommen Sie schon.«

Deakin rieb sich die Stirn. »Gleich. Wenn der Zug steht, kommt keine Frischluft in das Führerhaus, und dementsprechend fühle ich mich auch.«

O'Brien betrachtete ihn nachdenklich, doch dann kam er offenbar zu dem Schluß, daß Deakin dort, wo er stand, nichts anrichten konnte, denn er nickte, trat ins Innere des Waggons und schloß die Tür hinter sich.

Banlon öffnete die Ventile. Die Räder drehten auf den vereisten Schienen durch, die Lokomotive schnaufte und dicke Rauchwolken quollen aus dem Schornstein. Dann ließ das Schnaufen nach, die Räder griffen, und der Zug setzte sich in Bewegung. Deakin hielt sich am Geländer fest, beugte sich weit nach außen und blickte zurück. Es war schwierig, etwas zu erkennen – es konnte ebensogut Einbildung sein, aber er hatte den Eindruck, daß zwischen dem Versorgungswaggon und dem ersten Pferdewaggon eine Lücke entstand. Gleich darauf fuhr der Zug durch eine Kurve, und Deakin sah, daß es keine Einbildung gewesen war: Die beiden Pferdewaggons waren in nunmehr zwei- bis dreihundert Meter Entfernung auf dem Gleis stehengeblieben, und kurz darauf hatte die Dunkelheit sie verschluckt.

Deakin richtete sich auf und gestattete sich ausnahmsweise ein allerdings kaum wahrnehmbares, befriedigtes Lächeln, das jedoch sofort wieder verschwand, als er die Tür zum Abteil der Offiziere öffnete. Der Gouverneur, Claremont, Pearce und O'Brien saßen – wie üblich mit Gläsern in der Hand – dicht neben dem Ofen, während Marica etwas abseits und mit im Schoß gefalteten Händen dasaß. Als Deakin in der Tür erschien, blickten alle gleichzeitig auf.

»Essen gibt's in der Küche«, sagte O'Brien.

»Das sagten Sie schon. Wo kann ich heute schlafen?«

»Sie könnten lernen, ›danke‹ zu sagen.«

»Ich kann mich nicht erinnern, daß mir jemand für die sieben Stunden gedankt hätte, die ich in diesem verdammten Führerhaus zugebracht habe. Wo schlafe ich?«

»Hier«, sagte Claremont. »Legen Sie sich auf eines der Sofas.«

Deakin nickte und wollte weitergehen, aber Claremont hielt ihn zurück.

»Deakin!« Er drehte sich um. »Sie haben da draußen einiges geleistet. War es kalt?«

»Ich habe es überlebt.«

Claremont sah den Gouverneur an, der erst zögerte, dann aber nickte. Claremont holte eine Flasche Whisky aus dem Getränkeschrank und reichte sie Deakin, der sie zögernd entgegennahm. »Wie Miss Fairchild sagte, Sie sind unschuldig, bis Ihre Schuld bewiesen ist. Nehmen Sie die Flasche. Vielleicht wärmt der Whisky Sie ein wenig auf, Deakin.«

»Vielen Dank, Colonel.«

Als Deakin auf dem Weg zum hinteren Ende des Waggons an Marica vorbeikam, blickte sie auf und ein kaum wahrnehmbares Lächeln erschien auf ihrem Gesicht. Deakin ging weiter, als habe er es nicht bemerkt, und sofort wurde Maricas Gesicht wieder ausdruckslos wie das seine.

Den drei Männern in der winzigen Küche gelang das schier Unmögliche: Sie fanden alle Platz. Carlos und Henry bedienten sich großzügig aus Deakins Flasche, während Deakin sich über eine Mahlzeit hermachte, die quantitativ imposant, qualitativ jedoch recht fragwürdig war: Carlos hatte seine Kochkünste aus verständlichen Gründen nicht voll entfalten können. Deakin kratzte mit der Gabel die letzten Reste von seinem Teller, hob sein Glas und leerte es in einem Zug.

»Tut mir leid, Mr. Deakin«, entschuldigte sich Carlos, »ich fürchte, es war etwas angebrannt.«

Deakin fragte nicht, was »es« war. »Lassen Sie nur. Auf jeden Fall bin ich satt geworden.« Er gähnte. »Jetzt brauche ich nur noch eine Mütze voll Schlaf.« Er nahm die Whiskyflasche, überlegte kurz und stellte sie wieder hin. »Ich habe nie sonderlich gern getrunken. Ich glaube, ihr habt mehr davon.«

Carlos strahlte: »Besten Dank, Sir, besten Dank!«

Deakin ging zurück zum Tagesabteil. Als er eintrat, war Marica bereits gegangen, und der Gouverneur, Claremont, O'Brien und Pearce befanden sich im Aufbruch zu ihren Nachtquartieren; keiner würdigte ihn eines Blickes, geschweige denn eines Wortes. Deakin seinerseits tat, als sei er bereits allein im Abteil. Er schob noch ein paar Holzscheite in den Ofen, streckte sich auf dem Sofa neben der vorderen Eingangstür aus und zog seine Uhr aus der Tasche: Es war ein Uhr.

7

»Ein Uhr«, sagte Sepp Calhoun. »Wirst du bei Tagesanbruch wieder hier sein?«

»Ich werde bei Tagesanbruch wieder hier sein.« White Hand stieg die Stufen vom Büro des Kommandanten hinab und trat zu seinen Kriegern, die sich bereits auf dem Gelände des Forts versammelt hatten. Es waren mindestens fünfzig und alle beritten. White Hand schwang sich in den Sattel und hob grüßend die Hand. Calhoun erwiderte den Gruß. White Hand riß sein Pferd herum und trieb es in scharfem Galopp auf das Tor zu; seine Krieger folgten ihm.

Deakin wachte auf, schwang die Beine über den Rand des Sofas und blickte erneut auf seine Uhr: Es war vier Uhr. Er stand auf und ging leise durch den Gang, vorbei an den Abteilen, in denen der Gouverneur und Marica schliefen, und trat auf die hintere Plattform des ersten Waggons hinaus. Von dort kletterte er auf die vordere Plattform des zweiten Waggons. Vorsichtig spähte er durch das Fenster in der Tür.

Keine zwei Meter entfernt ragten zwei dürre Beine aus der Küche in den Gang – unverkennbar Henrys.

Deakin zog sich mit nachdenklichem Gesicht vom Fenster zurück. Er kletterte auf das Geländer der Plattform und zog sich mit einiger Mühe auf das Waggondach hinauf. Auf Händen und Knien kroch er über das schnee- und eisverkrustete Dach von einem Halt bietenden Entlüfter zum nächsten, und das Rütteln und Schaukeln des Waggons machte das gefährliche Unternehmen nicht gerade einfacher.

Der Zug fuhr eine schmale, tiefe Schlucht entlang und vorbei an schneebeladenen Kiefern, die dicht neben den Schienen wuchsen. Die herabhängenden Äste streiften fast die Waggondächer. Zweimal blickte er gerade noch rechtzeitig über die Schulter, um zu sehen, wie der Zug unter tiefhängenden, schweren Ästen hindurchfuhr, und er mußte sich flach auf den Bauch legen, um nicht vom Dach gefegt zu werden.

Schließlich erreichte er das Ende des zweiten Waggons, schob sich millimeterweise über den Rand des Daches und blickte hinunter: Carlos ging – bis über die Ohren vermummt – unermüdlich auf der Plattform auf und ab. Deakin machte kehrt und kroch wieder ein Stück zurück. Dann stand er auf und ging ein paar Schritte, wobei es ihm größte Schwierigkeiten machte, das Gleichgewicht zu halten.

Ein mächtiger Kiefernast kam auf ihn zu. Deakin zögerte keine Sekunde. Er wußte, wenn er es jetzt nicht tat, war es fraglich, ob er je wieder den Mut dazu haben würde. Er machte ein paar schnelle Schritte rückwärts, um den Zusammenprall mit dem Ast zu mildern und streckte die Arme hoch.

Er packte den Ast mit beiden Händen und stellte erschrokken fest, daß er keineswegs so stark war, wie er ausgesehen hatte – die dicke Schneeschicht hatte einen falschen Eindruck erweckt. Der Zweig bog sich. Verzweifelt riß Deakin die Beine hoch, aber noch immer hing er nur zwanzig Zentimeter über dem Dach. Er blickte nach unten, und im gleichen Augenblick fegte er über Carlos hinweg.

Deakin streckte die Beine aus, und seine Absätze gruben tiefe Rillen in den gefrorenen Schnee. Dann gab er den Zweig frei, obwohl ihm durchaus bewußt war, daß er Gefahr lief, von einem der Entlüfter zerfetzt zu werden.

Er wurde nicht zerfetzt, aber er war in diesem Augenblick nicht in der Verfassung, sein Glück voll zu würdigen, denn er hatte zwar auf seinen Kopf aufgepaßt, aber der Aufprall seines Rückens auf dem Dach war immer noch schmerzhaft genug. Und doch war es gerade das vereiste Dach, das ihm das Leben rettete. Wäre er auf einem schnee- und eisfreien Dach gelandet, wäre ihm die ungeheuere Bremswirkung mit Sicherheit zum Verhängnis geworden. Aber auch unter den gegebenen Umständen sah es nicht besonders rosig für ihn aus, denn er schlitterte mit so großer Geschwindigkeit über das Dach, daß er mit größter Wahrscheinlichkeit über das Ende hinausschießen und auf den Schienen landen würde.

Aber diesmal waren paradoxerweise die potentiell tödlichen Entlüfter seine Rettung. Instinktiv griff er nach dem ersten Entlüfter, der in seine Reichweite kam. Er hatte das Gefühl, daß seine rechte Schulter ausgerenkt und sein Arm ausgerissen wurde, und seine Hand öffnete sich. Aber sein Tempo hatte sich merklich verlangsamt. Er griff nach dem nächsten Entlüfter und der schmerzhafte Prozeß wiederholte sich – aber es lohnte sich: sein Tempo verringerte sich wiederum erheblich. Er rutschte auf den dritten und letzten Entlüfter zu und schlang seinen rechten Arm um ihn, aber diesmal blieb ihm Zeit, seine linke Hand zu Hilfe zu nehmen und mit ihr sein rechtes Handgelenk zu umklammern. Auch diesmal war der Schmerz kaum zu ertragen. Aber Deakin ließ nicht los. Sein Körper wurde in einem Dreiviertelkreis herumgerissen, bis seine Beine bis zu den Knien seitlich über das Dach hinausragten. Aber er hielt sich fest. Er wußte, daß er etwas tun mußte, denn sehr viel länger würde er sich nicht halten können. Langsam und unter großen Schmerzen zog er sich wieder zur Mitte des Daches hinauf, kroch bis zum Ende und ließ sich auf die hintere Plattform fallen.

Völlig erschöpft kauerte er ganze fünf Minuten lang zusammengekrümmt und nach Luft schnappend auf dem Boden und fühlte sich, als sei er die Niagarafälle in einem Faß hinuntergefahren. Er rechnete seine vermutlichen Verletzungen zusammen: Eine Reihe gebrochener Rippen vorn, wo der Zweig gegen seine Brust geprallt war, eine nicht minder beträchtliche Zahl von Rippenbrüchen im Rücken, wo er auf das Waggondach aufgeschlagen war und eine gebrochene und verrenkte Schulter. Aber nach einer ebenso vorsichtigen wie eingehenden Untersuchung stellte er fest, daß er sich in Wirklichkeit keinen einzigen Knochen gebrochen hatte. Und die Schürfwunden stellten keine ernsthafte Behinderung dar – sie würden zwar noch eine Weile schmerzen, aber sie machten ihn nicht kampfunfähig. Er zog sich hoch, öffnete die hintere Tür des Versorgungswaggons und trat hinein.

Er ging zwischen den aufeinandergestapelten Särgen und den Kisten mit den Medikamenten hindurch zum vorderen Ende des Versorgungswaggons und spähte durch eine der beiden kleinen kreisförmigen Luken hinaus: Carlos ging immer noch auf der Plattform auf und ab. Deakin zog seine Schafpelzjacke aus und befestigte sie vor der einen Sichtluke. Vor die andere hängte er eine schwere Sackleinwand. Dann zündete er eine der Petroleumlampen an, die an der Wand des Waggons hingen. Deakin bemerkte, daß zwischen zwei Brettern auf der rechten Seite ein schmaler Spalt klaffte, durch den möglicherweise ein dünner Lichtstrahl nach draußen fallen konnte. Aber um ihn zu sehen, mußte man rechts vom Waggon stehen, und Carlos befand sich vorne. Es bestand also kein Grund zu ernsthafter Besorgnis.

Mit Hilfe eines Schraubenziehers und eines Hartmeißels, die er sich vorsorglich aus Banlons Werkzeugkiste mitgenommen hatte, öffnete Deakin eine messingbeschlagene, geölte Holzkiste mit der Aufschrift MEDIZINISCHER BEDARF. US ARMY. Der Deckel sprang mit einem mißtönenden Geräusch auf, aber Deakin kümmerte sich nicht darum – mit Lärm verbundene, geheime Unternehmungen ließen sich in einem fahrenden Zug viel leichter tätigen als in einem stehenden: Ein altersschwacher Zug, rostige Räder und uralte Drehgestelle machten während der Fahrt soviel Lärm, daß eine Unterhaltung auf die Entfernung von nur wenigen Schritten in normaler Lautstärke unmöglich war. Kein Geräusch im Inneren des Versorgungswaggons, das leiser war als ein Pistolenschuß, wäre für Carlos zu hören gewesen – und selbst einen Schuß hätte er wohl kaum gehört, denn er hatte seinen räumlich sehr begrenzten Fußmarsch wieder aufgegeben und beschlossen, es noch einmal mit dem Whisky zu versuchen.

Die medizinischen Vorräte waren in ungewöhnliche graue, unbeschriftete Metallbehälter verpackt. Deakin nahm eine der Blechdosen aus der Kiste und hob den Deckel hoch. Sie enthielt glänzende Patronen. In Deakins Gesicht zuckte kein Muskel. Die Entdeckung war offenbar kein Schock für ihn. Er öffnete zwei weitere Büchsen: Der Inhalt war der gleiche.

Deakin ließ die Holzkiste mit dem gewaltsam geöffneten Deckel achtlos stehen – er war offenbar an einem Punkt angelangt, an dem es ihm gleichgültig war, ob sein Tun bemerkt wurde. Er nahm sich eine zweite Kiste vor, die er ebenso brutal aufbrach wie die erste. Auch sie enthielt Munition. Mit der

Lampe in der Hand ging er bis zum Ende des Versorgungswaggons, ohne die übrigen Holzkisten, die den Aufschriften nach ebenfalls medizinischen Bedarf enthielten, weiter zu beachten. Er kam zu den aufeinandergestapelten Särgen und machte sich daran, einen aus dem unteren Ständer herauszuziehen. Dieses Vorhaben kostete ihn soviel Kraft, daß sich seine Zweifel daran, daß die Särge tatsächlich leer waren, noch erheblich verstärkten.

Carlos setzte die Flasche ab, aus der er getrunken hatte, schüttelte sie und stellte sie auf den Kopf: Sie war leer. Kummervoll und leicht schwankend trat er an das seitliche Geländer der Plattform, lehnte sich weit hinaus und schleuderte die Flasche in die Dunkelheit. Und dann verschwand plötzlich der kummervolle Ausdruck von seinem Gesicht, und seine Augen verengten sich zu schmalen Schlitzen, wodurch seine Züge jede Gutmütigkeit verloren. Er blinzelte, aber es änderte sich nichts: aus einer Lücke in der Seitenwand des Versorgungswaggons drang ein schwacher Lichtschein nach draußen. Mit einer Geschwindigkeit und Behendigkeit, die man einem so großen und schweren Mann wie ihm gar nicht zugetraut hätte, schwang er sich von der hinteren Plattform des zweiten Waggons auf die vordere Plattform des Versorgungswaggons. Und dann griff er in die Innentasche seines Mantels und brachte ein sehr unerfreulich aussehendes, feststehendes Messer zum Vorschein.

Am anderen Ende des Waggons entfernte Deakin gerade den böse zugerichteten Deckel von dem Sarg. Er hob die Laterne, und sein Gesicht verhärtete sich, aber es zeigte weder Überraschung noch Erschütterung – er hatte gefunden, was er erwartet hatte: Reverend Peabody war seit vielen Stunden tot.

Deakin legte den Deckel wieder an seinen Platz und zog einen weiteren Sarg aus dem Gestell, was diesmal noch erheblich mehr Kraftaufwand erforderte als beim ersten. Deakin machte rücksichtslos Gebrauch von seinem Hartmeißel, und binnen Sekunden war der Deckel entfernt. Er blickte ins Innere des Sarges und nickte fast unmerklich: Der Sarg war bis zum Rand voll mit frisch geölten Winchester-Büchsen.

Deakin warf den Deckel lose auf den Sarg, stellte die Petroleumlampe darauf, zog einen dritten Sarg heraus und öffnete ihn dank der Übung in wenigen Sekunden. Er hatte gerade festgestellt, daß auch dieser Sarg voll mit brandneuen Winchester-Gewehren war, als etwas seine Aufmerksamkeit erregte: Die Petroleumlampe hatte geflackert – ein Alarmzeichen, denn in dem geschlossenen Waggon hätte normalerweise kein Luftzug entstehen können.

Deakin drehte sich genau in dem Augenblick um, als Carlos sich mit gezücktem Messer auf ihn stürzen wollte. Deakin packte die Hand, die das Messer hielt, am Gelenk, und es kam zu einem kurzen, aber erbitterten Kampf, der jäh unterbrochen wurde, als beide Männer über einen Sarg stolperten und im Fallen voneinander abließen. Deakin stürzte in einen Gang zwischen zwei Reihen von Särgen, während Carlos mitten in den Waggon fiel. Beide Männer waren sofort wieder auf den Beinen, und Carlos hob das Messer, um es nach Deakin zu werfen, dem in der Enge kaum Platz für taktische Bewegungen blieb. Er trat heftig gegen den losen Deckel des Sarges, auf dem die Petroleumlampe stand, der Deckel flog in die Luft und nahm Carlos sekundenlang die Sicht, dann zerschellte die Petroleumlampe auf dem Boden und der Versorgungswaggon war in Dunkelheit gehüllt. Deakin verlor keine Zeit: Im Dunkeln gegen einen Mann zu kämpfen, der ein Messer hatte, wäre regelrechter Selbstmord gewesen.

Er rannte zum hinteren Ende des Versorgungswaggons,

trat hinaus und schloß die Tür hinter sich. Er blickte sich nicht einmal mehr um: ihm blieb nur ein Weg – nach oben. Er kletterte über das Geländer auf das Dach, legte sich auf den Bauch, blickte hinunter und wartete auf Carlos. Aber die Sekunden vergingen, und Carlos zeigte sich nicht. Deakin wandte den Kopf und spähte in die Dunkelheit. Er wischte sich die Flocken aus dem Gesicht, rieb sich die Augen und hielt erneut Ausschau.

Keine fünf Meter entfernt kroch Carlos mit gezücktem Messer vorsichtig das Dach entlang. Er machte ganz den Eindruck, als freue er sich auf die Fortsetzung des Kampfes. Deakin teilte seine Freude nicht – im Augenblick wäre er nicht einmal für einen schmächtigen Halbwüchsigen ein ernsthafter Gegner gewesen. Physisch gesehen war Carlos ihm haushoch überlegen, aber Deakin hoffte, daß wenigstens die geistige Beweglichkeit seines Verfolgers durch den beträchtlichen Konsum von Whisky stark eingeschränkt war.

Deakin, der jetzt auf Händen und Knien auf dem Dach hockte, drehte sich um und sah dem näherkommenden Carlos entgegen. Weiter vorn glaubte er, den Beginn einer langen Brücke zu sehen, aber es blieb ihm keine Zeit mehr, sich zu vergewissern: Carlos war keine zwei Meter mehr entfernt, und hob mit teuflischem Grinsen die Hand mit dem Messer. Er sah nicht aus, als befürchte er sein Ziel zu verfehlen. Deakin nahm eine Handvoll gefrorenen Schnee und schleuderte ihn seinem Angreifer ins Gesicht, was diesen jedoch nicht davon abhielt, das Messer nach ihm zu werfen. Aber Deakin hatte sich bereits nach vorn geworfen, prallte mit der rechten Schulter gegen Carlos' Brustkasten und das Messer flog über ihn hinweg. Carlos erwies sich unerfreulicherweise als sehr kräftig. Es war, als sei Deakin gegen eine Mauer gerannt. Allerdings hatte das vereiste Dach ihm nicht die Möglichkeit gegeben, mit voller Wucht anzugreifen. Carlos' Hände schlossen sich um seinen Hals.

Deakin versuchte den Griff des Farbigen zu lockern, aber das erwies sich als unmöglich. Wütend schlug er ihn mit aller noch verbliebenen Kraft wahllos ins Gesicht und auf den Körper. Aber Carlos lächelte nur breit. Langsam und vor Anstrengung zitternd zog Deakin beide Füße an und richtete sich auf. Carlos machte die Bewegung mit – solange er nicht gezwungen wurde, seine Hände vom Hals seines Opfers zu nehmen, war es ihm gleichgültig, ob er lag, hockte oder stand.

Bei aller Wut bewegten sich die beiden Männer sehr langsam und vorsichtig, denn beide befürchteten, auf dem spiegelglatten Dach den Halt zu verlieren. Und dann sah Carlos plötzlich unter sich die ersten Bohlen einer Brücke, die über eine scheinbar bodenlose Schlucht führte. Unvermittelt grub er seine Finger tief in Deakins Nacken. Seine Selbstüberschätzung und sein Whiskykonsum hatten ihn daran gehindert zu erkennen, weshalb Deakin aufgestanden war. Und als es ihm endlich klar wurde, war es zu spät. Deakin packte Carlos am Mantel und warf sich nach hinten. Carlos war völlig überrascht und verlor auf dem vereisten Dach augenblicklich den Halt. Während sie fielen, zog Deakin die Beine an, bis die Knie fast sein Kinn berührten und stieß beide Füße in Carlos' Zwerchfell. Der schnelle Sturz und das unmittelbar anschließende Emporgeschleudertwerden durch Deakins Tritt lösten Carlos' Würgegriff, und hilflos um sich schlagend, stürzte er vom Waggondach in die Tiefe.

Deakin fand Halt an einem der Entlüfter und starrte in den Abgrund. Aber alles, was noch an Carlos erinnerte, war ein langsam verhallender Schrei.

Deakin war nicht der einzige, der ihn hörte. Henry, der gerade einen Kaffee kochte, blickte überrascht auf. Er lauschte einige Sekunden lang angestrengt, aber als alles still blieb, zuckte er die Achseln und wandte sich wieder der Kaffeekanne zu.

Deakin klammerte sich noch eine Zeitlang mit einer Hand an den Entlüfter und massierte mit der anderen seinen mißhandelten Hals. Dann schob er sich vorsichtig ans Ende des Daches und ließ sich auf die hintere Plattform hinab. Er trat ins Innere des Versorgungswaggons, zündete wieder eine Petroleumlampe an und setzte seine Nachforschungen fort. Er öffnete zwei weitere Kisten, die angeblich medizinischen Bedarf enthielten, in Wirklichkeit aber ebenfalls bis an den Rand mit Winchestermunition gefüllt waren. An der fünften Kiste wollte er schon vorbeigehen, als ihm auffiel, daß sie etwas länger war als die anderen. Sofort setzte er den Meißel an. Die Kiste war vollgestopft mit grauen Guttapercha-Säcken, wie sie für den Transport von Schießpulver verwendet wurden.

Deakin beschloß, noch eine weitere Kiste zu öffnen, obwohl sie sich in keiner Hinsicht von den anderen unterschied. Sie enthielt Zylinder von etwa fünfzehn Zentimeter Länge, die in graues Ölpapier gewickelt waren. Deakin steckte zwei davon in die Tasche, machte die Petroleumlampe aus, ging nach vorn und nahm seine Felljacke von der runden Sichtluke. Als er sie gerade überziehen wollte, sah er durch die Luke, wie sich die hintere Tür des zweiten Waggons öffnete und Henry erschien. Er trug eine Kaffeekanne, zwei Becher und eine Laterne. Er schloß die Türe hinter sich und blickte sich leicht erstaunt um. Offensichtlich war es nicht Carlos' Art gewesen, seinen Posten zu verlassen.

Deakin verlor keine Zeit. Er eilte zur hinteren Plattform

des Versorgungswaggons und schaute durch eine der Sichtluken ins Innere:

Henry öffnete mit hocherhobener Laterne die Tür und betrat vorsichtig den Versorgungswaggon. Er blickte nach links und blieb mit völlig fassungslosem Gesicht stehen, was unter den gegebenen Umständen durchaus verständlich war – schließlich war er nicht darauf gefaßt gewesen, die Holzkisten offen vorzufinden. Wie ein Schlafwandler stellte Henry langsam die Kaffeekanne und die Becher ab und ging vorsichtig weiter zum hinteren Teil des Waggons, wo er mit aufgerissenen Augen und weit geöffnetem Mund die drei offenen Särge anstarrte, von denen zwei Winchester-Gewehre und der dritte die sterblichen Überreste des Reverend Peabody enthielten. Dann erwachte er ganz allmählich aus seinem tranceähnlichen Zustand, sah sich hastig um, um sich zu überzeugen, daß er sich nicht in der Gesellschaft des geistesgestörten Vandalen befand, der für all dies verantwortlich war, zögerte, machte Anstalten, den Waggon zu verlassen, überlegte es sich jedoch plötzlich anders und ging auf das Ende des Wagens zu. Und Deakin sah sich wieder einmal gezwungen, auf das Dach zu klettern.

Henry trat auf der hinteren Plattform hinaus. Mehrere Sekunden vergingen, ehe er begriff, was er sah. Er stand da wie versteinert. Plötzlich kehrten seine Lebensgeister zurück. Er drehte sich um und verschwand wieder im Innern des Waggons. Deakin sprang auf die Plattform hinunter und folgte ihm langsam.

Henry rannte wie von Furien gehetzt und ohne einmal anzuhalten bis ins Tagesabteil der Offiziere, wo Deakin offiziell die Nacht verbrachte. Sein Instinkt hatte ihn nicht getrogen: Deakin war verschwunden. Henry nahm sich keine Zeit für irgendwelche Gefühlsäußerungen, sondern machte sofort kehrt und rannte den Weg zurück, den er gekommen war. Als er vom ersten in den zweiten Waggon wechselte, hatte er viel zu viele Dinge gleichzeitig im Kopf, als daß er nach oben geblickt hätte, aber selbst, wenn er es getan hätte, wäre es höchst unwahrscheinlich gewesen, daß er Deakin auf dem Dach über sich entdeckt hätte. Als Henry in den Schlafwaggon stürzte, wobei er die Tür hinter sich weit offen stehen ließ, sprang Deakin auf die Plattform und wartete gespannt neben der Tür.

Er brauchte nicht lange zu warten, denn gleich darauf ertönte wildes Hämmern an einer Tür, und dann Henrys Stimme. Sie klang genau so, wie Henry ausgesehen hatte, nämlich fast hysterisch.

»Um Himmels willen, Major, kommen Sie schnell. Sie sind weg! Sie sind alle weg!«

»Wer zum Teufel, wer ist weg?« O'Briens Stimme klang ausgesprochen mürrisch, wie die Stimme eines Mannes eben klingt, der höchst unsanft aus tiefem Schlaf geweckt wird. »Reden Sie vernünftig, Mann!«

»Weg, Major, sie sind weg! Die beiden Pferdewaggons – sie sind nicht mehr da!«

»Was? Sie sind betrunken!«

»Ich wünschte, ich wär's! Sie sind weg, sage ich Ihnen! Und die Kisten mit den Patronen und dem Sprengstoff sind geöffnet worden. Die Särge auch. Und Carlos ist verschwunden. Und Deakin ebenfalls. Keine Spur – von beiden keine Spur! Ich habe einen Schrei gehört, Major –«

Deakin hatte genug gehört. Er ging in den zweiten Waggon, durch das Speiseabteil, blieb vor Maricas Tür stehen und versuchte, sie zu öffnen. Sie war abgeschlossen. Er sperrte sie mit seinem Schlüssel auf, trat ein und schloß hinter sich wieder ab. Auf dem kleinen Tisch neben Maricas Schlafkoje brannte ein schwaches Nachtlicht. Deakin schraubte es höher, legte eine Hand auf die Schulter des schlafenden Mädchens und schüttelte es sanft. Marica bewegte sich, drehte sich um, öffnete die Augen, riß sie weit auf und machte Anstalten zu schreien. Deakin legte ihr die Hand auf den Mund.

»Nicht! Wenn Sie schreien, werden Sie sterben.« Ihre Augen öffneten sich noch weiter. Deakin schüttelte den Kopf und versuchte ermutigend auszusehen, was unter den gegebenen Umständen ziemlich schwierig war. »Nicht durch meine Hand, Madam! Ich spreche von Ihren Freunden da draußen. Sie sind hinter mir her. Wenn sie mich finden, werden sie mich töten. Können Sie mich verstecken?«

Er zog seine Hand zurück. Obwohl ihr Puls flog, hatte sie keine Angst mehr, aber sie war immer noch auf der Hut. »Warum sollte ich?« fragte sie.

»Weil ich Sie nur retten kann, wenn ich am Leben bleibe.«

Sie sah ihn völlig verständnislos an und schüttelte schließlich langsam den Kopf. Deakin drehte seinen Gürtel um, öffnete eine an der Unterseite angebrachte Tasche, entnahm ihr einen Ausweis und zeigte ihn ihr. Sie las ihn und begriff zunächst gar nichts. Aber schließlich nickte sie begreifend. Auf dem Gang wurden Stimmen laut. Marica stieg aus ihrer Koje und gab Deakin ein Zeichen; sofort kletterte er in die Koje, drückte sich eng an die Wand und zog sich die Decke über den Kopf. Marica schraubte hastig das Nachtlicht herunter und stieg gerade wieder ins Bett, als es klopfte. Marica antwortete nicht, sondern richtete in aller Eile die Decken und Kissen so, daß Deakin so gut wie möglich verborgen war. Wieder klopfte es, diesmal wesentlich energischer.

Marica stützte sich auf den Ellbogen und fragte mit verschlafener Stimme: »Wer ist da?«

»Major O'Brien, Madam.«

»Kommen Sie herein. Es ist nicht abgeschlossen.« Die Tür öffnete sich, und O'Brien erschien auf der Schwelle. »Was fällt Ihnen denn ein, mich um diese Zeit zu stören, Major?« fuhr Marica ihn an.

O'Brien wirkte sehr betreten. »Deakin ist weg.«

»Weg? Machen Sie sich nicht lächerlich! Wo sollte ein Mensch in dieser Wildnis hin?«

»Das ist es ja, Madam. Er kann nirgendwohin. Deshalb nehmen wir ja auch an, daß er immer noch im Zug ist.«

Marica sah ihn kühl und ungläubig an: »Und Sie dachten, daß ich vielleicht –«

Hastig und verlegen versuchte O'Brien sie zu beschwichtigen. »Nein, nein, Miss Fairchild. Ich meine nur, es wäre doch möglich, daß er sich heimlich hier eingeschlichen hat, während Sie schliefen –«

»Nun, unter *meinem* Bett hat er sich nicht versteckt.« Aus Maricas Stimme klang eine beträchtliche Schärfe.

»Das sehe ich. Bitte entschuldigen Sie mich.« O'Brien machte hastig kehrt, und der Klang seiner Schritte verlor sich. Deakin steckte seinen Kopf unter der Bettdecke hervor.

»Meine Hochachtung, Madam«, sagte er voller Bewunderung. »Das war eine beachtliche Leistung. Und Sie mußten nicht einmal lügen. Ich hätte nie gedacht –«

»Raus! Sie sind von oben bis unten voller Schnee, und ich hole mir den Tod!«

»Nein. Sie stehen auf, ziehen sich an und holen Colonel Claremont.«

»Ich soll mich anziehen? Während Sie hier liegen und –«

Deakin hielt sich ergeben die Hand vor die Augen. »Mein liebes Kind – ich meine, Madam – ich habe andere und weit weniger angenehme Dinge im Kopf. Sie haben den Ausweis gesehen. Achten Sie darauf, daß niemand Sie hört, wenn Sie mit dem Colonel reden, und daß niemand Sie sieht, wenn Sie ihn herbringen. Sagen Sie ihm nicht, daß ich hier bin.«

Marica streifte ihn mit einem nachdenklichen Blick, aber sie stellte keine Fragen mehr – Deakins Gesichtsausdruck erstickte jeden Widerspruch in Keime. Sie zog sich hastig an, ging und kehrte zwei Minuten später mit dem verständlicherweise reichlich verwirrt dreinblickenden Colonel zurück.

Als Marica die Türe hinter sich geschlossen hatte, zog Deakin sich die Bettdecke vom Gesicht und schwang die Beine über den Rand der Koje.

»Deakin!« Claremont war fassungslos. »Was in Gottes Namen –« Er brach ab und griff nach dem Colt an seiner Hüfte.

»Lassen Sie das verdammte Schießeisen stecken«, sagte Deakin müde. »Sie werden später noch genug Gelegenheit haben, es zu benutzen. Allerdings nicht gegen mich.«

Er reichte Claremont seinen Ausweis. Der Colonel nahm ihn zögernd entgegen und las ihn, aber erst beim dritten Mal begriff er, was er in der Hand hielt. »›John Stanton Deakin ... US-Regierung ... Geheimdienst ... Allan Pinkerton.‹« Er fand seine Fassung erstaunlich schnell wieder und gab Deakin den Ausweis gelassen zurück. »Mr. Pinkerton kenne ich persönlich. Das ist seine Unterschrift. Ich erkenne Sie jetzt. Ich weiß, wer Sie sind: 1866 hießen Sie John Stanton. Sie sind der Mann, der damals den Überfall auf den Adams Express aufklärte, bei dem 700000 Dollar geraubt worden waren.« Deakin nickte. »Was kann ich für Sie tun, Mr. Deakin?«

»Was *du* für *ihn* tun kannst – aber du hast ihn doch gerade erst kennengelernt.« Marica schien nichts mehr zu begreifen. »Woher weißt du, daß er – ich meine, willst du ihm keine Fragen stellen oder –«

»Niemand stellt John Stanton Deakin Fragen, meine Liebe«, erklärte Claremont nachsichtig.

»Aber ich habe noch nie auch nur ein Wort von ihm gehört.«

»Wir dürfen keine Werbung betreiben«, sagte Deakin geduldig. »*Geheim*dienst ist nun mal eine geheime Sache. Für Fragen ist jetzt keine Zeit. Sie sind hinter mir her, und Ihr beider Leben ist keinen Pfifferling mehr wert.« Er hielt nachdenklich inne. »Das träfe allerdings auch dann zu, wenn sie nicht hinter mir her wären.« Er öffnete die Tür einen Spalt, lauschte und schloß sie wieder. »Sie sind vorne und reden. Das ist unsere Chance. Kommen Sie.« Er riß das Laken von Maricas Bett und stopfte es unter seine Jacke.

»Was haben Sie damit vor?« fragte Claremont.

»Das erkläre ich Ihnen später. Kommen Sie.«

»Kommen? Mit Ihnen? Und mein Onkel? Ich kann ihn doch nicht einfach –«

Deakin sagte sehr sanft: »Ich habe die Absicht, dafür zu sorgen, daß der ehrenwerte und aufrechte Gouverneur, Ihr geliebter Onkel, wegen Mordes, Hochverrats und schweren Diebstahls vor Gericht kommt.«

Marica sah ihn fassungslos an. Deakin öffnete vorsichtig die Tür. Aus dem Tagesabteil der Offiziere drang Stimmengewirr. Henrys Worte waren deutlich zu verstehen: »Richmond! Da habe ich ihn gesehen! In Richmond!« Henry klang ausgesprochen unheilvoll. »Dreiundsechzig war es. Ein Spion der Union! Ich habe ihn nur einmal gesehen. Er konnte fliehen. Aber er ist es!«

»Großer Gott! Ein Geheimagent!« O'Briens Stimme klang unangenehm, aber gleichzeitig war ihr deutlich zu entnehmen, daß er Angst hatte. »Sie wissen, was das bedeutet, Gouverneur?«

Offensichtlich wußte der Gouverneur es nur zu genau, denn seine Stimme zitterte und klang ungewöhnlich schrill:

»Sucht ihn! Um Himmels willen, sucht ihn. Und wenn ihr ihn findet, bringt ihn um. Hört ihr? Bringt ihn um! Bringt ihn um!«

»Ist er nicht einfach reizend?« flüsterte Deakin in Maricas Ohr.

Lautlos schlich er den Gang entlang. Marica folgte ihm bleich und zitternd, und den Abschluß bildete der erstaunlich gelassene Claremont. Sie durchquerten hastig den Speisesaal und traten auf die hintere Plattform hinaus. Schweigend wies Deakin auf das Dach. Claremont sah ihn zuerst verwirrt an, aber dann nickte er. Mit Deakins Hilfe war er im Nu oben, klammerte sich mit einer Hand an einen Entlüfter und reichte die andere Marica. Bald waren alle drei auf dem Dach und drängten sich eng zusammen.

»Es ist schrecklich hier!« Maricas Stimme zitterte, aber vor Kälte, nicht vor Angst. »Wir werden erfrieren!«

»Sagen Sie nichts Schlechtes über Zugdächer«, tadelte Deakin sie. »Für mich sind sie eine Art zweite Heimat geworden. Außerdem ist hier im Augenblick der sicherste Platz. Vorsicht! Bücken!«

Gehorsam duckten sie sich, und ein schwerer Kiefernast fegte über sie hinweg. Deakin sagte: »Das mit dem sichersten Platz gilt natürlich nur, wenn man auf diese verdammten, tiefhängenden Äste achtet.«

»Und nun?« fragte Claremont ruhig.

»Wir warten. Wir warten und horchen.« Deakin streckte sich auf dem Dach aus und legte sein Ohr an den Entlüfter. Claremont tat das gleiche. Deakin streckte den Arm aus und zog Marica zu sich heran.

»Sie brauchen mich nicht festzuhalten«, sagte Marica kühl.

»Ich möchte aber. Das macht die romantische Umgebung«, erklärte Deakin. »Ich bin für diese Dinge sehr empfänglich.«

»Ach, wirklich?« Ihre Stimme war eisig.

»Ich will nicht, daß Sie von diesem verdammten Zug herunterfallen.«

Marica verfiel in Schweigen.

»Sie sind direkt unter uns«, sagte Claremont leise. Deakin nickte.

O'Brien, Pearce und Henry standen mit dem Gewehr in der Hand unschlüssig im Speiseabteil.

Pearce sagte: »Wenn Henry einen Schrei gehört und Deakin tatsächlich mit Carlos gekämpft hat, dann sind sie vielleicht beide vom Zug gefallen und –«

Völlig außer Atem stürzte der Gouverneur herein:

»Meine Nichte ist verschwunden!«

Es entstand ein kurzes, verblüfftes Schweigen, von dem O'Brien sich als erster erholte. Er sagte zu Henry: »Sehen Sie nach, ob Colonel Claremont – nein, lassen Sie, ich gehe selbst.«

Deakin und Claremont wechselten einen Blick, dann drehte Deakin sich um und schaute gerade rechtzeitig über das hintere Dachende um zu sehen, wie O'Brien vom ersten in den zweiten Waggon eilte. Deakin bemerkte, daß O'Brien die elementarste Höflichkeitsregel außer acht ließ, indem er seine Pistole nicht ins Halfter schob, bevor er bei seinem kommandierenden Offizier vorsprach. Deakin kroch zu dem Entlüfter zurück und legte geistesabwesend den Arm um die Schultern des Mädchens. Wenn sie immer noch etwas dagegen einzuwenden hatte, so versäumte sie diesmal es zu sagen.

Claremont fragte: »Hatten Sie und Carlos eine Auseinandersetzung?«

»Gewissermaßen. Auf dem Dach des Versorgungswaggons. Er fiel herunter.«

»Carlos fiel herunter?« Maricas Aufnahmefähigkeit für neue und immer unangenehmere Enthüllungen war so ziemlich erschöpft. »Aber – aber vielleicht ist er schwer verletzt. Ich meine, vielleicht liegt er irgendwo neben dem Gleis und erfriert in dieser entsetzlichen Kälte.«

»Nein, er liegt nicht neben dem Gleis, und er spürt auch die Kälte nicht mehr. Wir fuhren gerade über eine Brücke, als es passierte. Er stürzte in eine Schlucht.«

»Sie haben ihn getötet!« Deakin konnte die heiseren Worte kaum verstehen. »Das ist Mord!«

Deakin verstärkte den Griff um ihre Schultern. »Wäre es Ihnen vielleicht lieber, wenn *ich* auf dem Grund der Schlucht läge?«

Sie schwieg einige Augenblicke, und dann sagte sie: »Es tut mir leid, das war dumm von mir.«

»Jawohl«, bestätigte Claremont unhöflich. »So, Mr. Deakin, was nun?«

»Wir übernehmen die Lokomotive.«

»Sind wir da sicher?«

»Ja, sobald wir unseren Freund Banlon los sind.« Claremont sah ihn verständnislos an. »Tut mir leid, Sir, aber Banlon gehört auch dazu.«

»Ich kann es nicht fassen!«

»Er hat mindestens drei Männer auf dem Gewissen.«

»*Drei* Männer?«

»Von dreien weiß ich es mit Sicherheit.«

Auch diese Eröffnung verarbeitete Claremont in erstaunlich kurzer Zeit. Er sagte mit ruhiger Stimme: »Er ist also bewaffnet?«

»Ich weiß es nicht. Ich glaube schon. Auf jeden Fall hat

Rafferty sein Gewehr bei sich. Und das würde Banlon auf jeden Fall benutzen – nachdem er Rafferty aus der Lokomotive gestoßen hätte.«

»Was ist, wenn er uns kommen hört?«

»Das wird sich finden, Colonel.«

»Wir könnten uns im Zug verbarrikadieren. Ich habe meinen Revolver –«

»Aussichtslos! Die Männer sind zu allem entschlossen. Bei aller Hochachtung, Colonel, aber ich bin nicht sicher, ob Sie Pearce oder O'Brien mit einer Handfeuerwaffe gewachsen wären. Und selbst wenn Sie sie abwehren könnten, würden eine Menge Schüsse fallen. Und Banlon wäre bereits durch den ersten alarmiert. Er würde keinen Menschen an sich heranlassen und ohne Aufenthalt bis Fort Humboldt durchfahren.«

»Na und? Dort wären wir unter Freunden.«

»Leider nein.« Er hob warnend die Hand, blickte vorsichtig über das Dachende und sah, wie O'Brien vom zweiten in den ersten Waggon hastete. Wieder legte er das Ohr an den Entlüfter. O'Brien hatte seine souveräne Gelassenheit restlos verloren.

»Der Colonel ist auch verschwunden! Henry, bleiben Sie hier und lassen Sie niemanden raus oder rein. Wenn Sie einen der Gesuchten sehen, schießen Sie! Ohne Vorwarnung! Nathan, Gouverneur – wir fangen hinten an und durchsuchen jeden Winkel dieses verdammten Zuges.«

Deakin drängte Claremont vorwärts, aber der Colonel rührte sich nicht und starrte auf das Zugende.

»Die Pferdewaggons sind fort.«

»Ja, ja, kommen Sie jetzt!«

Geräuschlos schoben sich die drei über die Dachmitte des ersten Waggons. Am anderen Ende angekommen ließ Deakin sich auf die vordere Plattform hinunter und blickte durch die Sichtluke ins Innere des Waggons: Henry stand mit dem Rücken zum Speiseabteil am anderen Ende, und seine wachsamen Augen konnten von diesem strategisch günstigen Platz aus sowohl den vorderen als auch den hinteren Eingang überblicken. In der rechten Hand hielt er einen Peacemaker Colt und er machte nicht den Eindruck, als habe er Hemmungen, ihn zu benützen.

Deakin warf einen kurzen Blick nach oben, legte einen Finger auf die Lippen, deutete ins Innere des Waggons, streckte die Hand aus und half Marica und Claremont auf die Plattform herunter. Immer noch schweigend hielt er Claremont nun die rechte Hand hin und dieser händigte ihm nach kurzem Zögern seinen Revolver aus. Deakin gab den beiden zu verstehen, daß sie bleiben sollten, wo sie waren, kletterte auf das Geländer, griff nach der Rückwand des Tenders und verlagerte sein Gewicht auf einen der Puffer. Langsam zog er sich hoch, bis er über das aufgestapelte Brennholz im hinteren Teil des Tenders sehen konnte.

Banlon blickte angestrengt nach vorn. Rafferty hatte die glühende Feuerbüchse geöffnet und stocherte in der Glut herum. Er ließ die Klappe offen, drehte sich um und begab sich in den Tender. Sofort zog Deakin seinen Kopf zurück. Rafferty nahm zwei Scheite und wandte sich wieder der Feuerbüchse zu. Deakin zog sich wieder hoch, glitt über die Rückwand in den Tender und kletterte schnell und mit größter Vorsicht über die gestapelten Scheite auf den Boden hinunter.

Banlon stand plötzlich stocksteif da. Irgend etwas hatte seine Aufmerksamkeit erregt – höchstwahrscheinlich eine Bewegung oder eine kurze Spiegelung im Fahrerfenster. Er wechselte einen kurzen Blick mit Rafferty, und dann drehten sich beide Männer gleichzeitig um und blickten nach hinten: Deakin war nur noch vier Schritte von ihnen entfernt, und die Mündung des Colts in seiner Hand zeigte genau auf Banlons Bauch.

Deakin wandte sich an Rafferty: »Lassen Sie Ihr Gewehr schön da drüben stehen. Hier, lesen Sie das.«

Zögernd nahm Rafferty den Ausweis aus Deakins Hand und las ihn im Licht der Feuerbüchse. Dann gab er ihn Deakin verwirrt zurück.

Deakin sagte: »Colonel Claremont und Miss Fairchild befinden sich auf der ersten Plattform. Helfen Sie ihnen herüber. Aber leise, wenn ich bitten darf. Andernfalls wird Ihr Leben ein jähes Ende finden.«

Rafferty zögerte, nickte dann aber und ging. Gleich darauf kam er mit Claremont und Marica zurück. Als sie vom Tender ins Führerhaus der Lokomotive überwechselten, trat Deakin auf Banlon zu, packte ihn, schleuderte ihn gegen die Wand und drückte ihm unsanft die Mündung seines Colts an die Kehle.

»Ihre Waffe, Banlon. Galgenvögel wie Sie haben immer eine Waffe.«

Banlon, dessen Gesicht eine grünlich-graue Färbung angenommen hatte, rang krampfhaft nach Atem, gab sich aber gleichzeitig redlich Mühe, empört zu wirken:

»Was soll das?« keuchte er. »Colonel Claremont –«

Deakin riß ihn hoch, drehte ihm den rechten Arm auf den Rücken und schob ihn vor sich her zu der offenen Tür auf der rechten Seite des Führerhauses.

»Spring!«

Banlon starrte entsetzt in den Abgrund hinunter, an dem der Zug entlangfuhr. Deakin stieß Banlon nachdrücklich die Mündung seines Colts in den Rücken. »Spring, habe ich gesagt!« Marica wollte sich auf ihn stürzen, aber Claremont hielt sie zurück.

»Unter der Werkzeugkiste!« schrie Banlon. »Unter der Werkzeugkiste!«

Deakin trat zurück und zog Banlon von der Tür weg. Er stieß ihn in eine Ecke und sagte zu Rafferty: »Holen Sie die Waffe!«

Rafferty blickte fragend zu Claremont hinüber, und dieser nickte. Der Soldat holte den Revolver unter der Werkzeugkiste hervor und händigte ihn Deakin aus, der daraufhin Claremont seine Waffe zurückgab. Der Colonel wies auf den hinteren Teil des Tenders, und Deakin nickte.

»Sie sind nicht dumm. Wenn Sie uns im Zug nicht finden, werden sie sehr bald auf die Idee kommen, uns auf dem Dach zu suchen, und dort werden uns unsere Spuren verraten.« Deakin wandte sich an Rafferty: »Halten Sie Banlon in Schach. Wenn er sich rührt, töten Sie ihn.«

»Töten?« echote Rafferty verstört.

»Eine Klapperschlange würden Sie auch nicht nur *verwunden,* oder? Und Banlon ist gefährlicher als eine Klapperschlange. Aber auch wenn Sie ihn nicht töten, wird er bald sterben. Am Galgen.«

»Ich? Am Galgen?« Banlon verzog verächtlich das Gesicht. »Für wen halten Sie sich, Deakin? Laut Gesetz –«

Ohne Vorwarnung schlug Deakin ihn so heftig mit dem Handrücken ins Gesicht, daß er gegen die Kontrollinstrumente taumelte und das Blut ihm aus Nase und Mund schoß.

»Das Gesetz bin ich!«

8

Banlon versuchte vergeblich, den Blutstrom mit Hilfe eines schmierigen Stoffetzens zu bremsen. Sein ohnehin sehr runzliges Gesicht wirkte jetzt noch verwelkter, und seine Augen schossen ruhelos hin und her wie die eines gefangenen Tieres, das nach einem Fluchtweg sucht.

»Das ist das Ende, Banlon«, sagte Claremont. »Wer mit dem Schwert lebt, kommt durch das Schwert um. John Stanton Deakin ist wirklich das Gesetz, Banlon – er ist Geheimagent. Ich nehme an, Sie wissen, was das bedeutet.«

Nach der Panik zu urteilen, die sein Gesicht ausdrückte, wußte er es. Deakin schärfte Rafferty ein: »In den Körper, nicht in den Kopf! Wir wollen doch nicht, daß hier Querschläger herumfliegen.«

Er ging in den Tender und begann den Holzstapel in der rechten hinteren Ecke abzutragen. Marica und Banlon ließen ihn nicht eine Sekunde aus den Augen. Claremont teilte – mit entsichertem Colt – seine Aufmerksamkeit zwischen Deakin und Banlon. Rafferty hatte befehlsgemäß nur Augen für Banlon.

Deakin hatte seine Arbeit beendet, richtete sich auf und trat zur Seite. Maricas rauchfarbene Augen weiteten sich. Sie wurde aschfahl. Claremont starrte auf die beiden uniformierten Gestalten, deren obere Körperhälften freigelegt worden waren.

»Oakland! Newell!«

Deakin sagte mit kalter Stimme zu Banlon: »Wie ich gesagt habe: am Galgen!« Er wandte sich an Claremont. »Jetzt wissen Sie, warum Sie Oakland und Newell in Reese City nicht finden konnten. Sie haben den Zug nie verlassen.«

»Ob sie etwas bemerkt haben, was sie nicht hätten bemerken sollen?«

»Was immer sie bemerkt haben, es muß hier im Führerhaus gewesen sein. Sie wurden zweifellos hier umgebracht – man kann nicht unbemerkt zwei tote Offiziere über einen Bahnhof schleppen, auf dem es von Soldaten wimmelt. Ich glaube nicht, daß sie etwas Verdächtiges oder Belastendes *gesehen* haben. Nicht im Führerhaus. Wahrscheinlich haben sie etwas *gehört* – vielleicht eine aufschlußreiche Unterhaltung zwischen Banlon und noch jemand. Und dann sind sie vermutlich in das Führerhaus gestiegen, um die beiden zur Rede zu stellen. Und dieser Entschluß wurde ihnen zum Verhängnis.«

»Der zweite Mann muß Henry gewesen sein. Banlon hat mir selbst erzählt, daß sie Jackson, den Heizer, in die Stadt geschickt hatten ...«

»... um die Leichen ungestört unter dem Brennholz verstecken zu können. Und der arme Jackson mußte sterben, weil er sie gefunden hatte.« Deakin bückte sich und deckte die beiden Toten wieder mit einigen Scheiten zu. »Ich glaube, Banlon hatte Angst, daß das Brennholz zu schnell verbraucht und Jackson die Toten entdecken würde und drängte ihm den Tequila auf, um ihn außer Gefecht zu setzen und in aller Ruhe die Leichen beiseite schaffen zu können, während Jackson seinen Rausch ausschlief. Aber der Schnaps bewirkte lediglich, daß Jackson sich nicht mehr die Mühe machte, die Scheite gleichmäßig abzutragen, sondern alle aus der gleichen Ecke holte. Und so fand er die beiden Toten doch. Daraufhin mußte Banlon ihn töten. Wahrscheinlich benutzte er einen schweren Schraubenschlüssel; aber damit hat er ihn nicht umgebracht.«

»Bei Gott, Colonel, der Mann ist wahnsinnig!« schrie Banlon. Claremont würdigte ihn keines Blickes, seine ganze Aufmerksamkeit galt Deakin. »Fahren Sie fort.«

»Als Jackson in der Schlucht aufschlug, war er sofort tot. Aber im Nacken hatte er eine tiefe Wunde, die stark geblutet hatte.«

»Und Tote bluten nicht.«

»Nein, Tote bluten nicht. Banlon wickelte einen Putzlappen um Jacksons Handgelenk, warf ihn über die Brücke, hielt den Zug an und sorgte für Spuren, die beweisen sollten, daß Jackson das Fenster gereinigt hatte. Dann erzählte er uns seine Geschichte.«

Banlons Stimme war heiser vor Angst: »Sie können mir nichts beweisen.«

»Das ist richtig. Auch nicht, daß Sie einen Schaden am Dampfregler vortäuschten, damit die Telegraphendrähte nach Reese City durchgeschnitten werden konnten.«

Claremont sagte langsam: »Ich habe gesehen, wie Banlon in Reese City das Dampfventil überprüfte –«

»Wahrscheinlicher ist, daß er die Schraube lockerte. Leider kann ich auch nicht beweisen, daß er vorzeitig anhielt, um Brennmaterial zu laden, damit hinter der vorderen Kupplung des ersten Transportwaggons eine Sprengladung angebracht werden konnte, die dann kurz vor dem Ende der steilsten Steigung in den Bergen losging. Es läßt sich jetzt leicht erraten, warum niemand absprang oder versuchte, die Waggons zu stoppen. Wenn wir die Trümmer untersuchen, werden wir zweifellos feststellen, daß alle Türen von außen abgesperrt waren und der Bremser ermordet wurde.«

»O mein Gott!« flüsterte Marica. »Die Männer wurden alle – ermordet?«

Vier Schüsse krachten, aber wie durch ein Wunder prallten alle vier Kugeln außen an den eisernen Wänden des Führerhauses ab und verschwanden pfeifend in der Dunkelheit.

»Runter!« schrie Deakin. Alle warfen sich gleichzeitig auf den Boden – alle außer Banlon. Er hatte nichts mehr zu verlieren. Plötzlich hielt er einen schweren Schraubenschlüssel in der Hand und schlug dem am Boden liegenden Rafferty damit ein großes Loch in den Schädel. Dann entriß er ihm das Gewehr, drehte sich blitzschnell um und fuhr Claremont an, dessen Revolver auf den hinteren Teil des Tenders gerichtet war: »Keine Bewegung!« Dann wandte er sich an Deakin, dessen Colt noch im Gürtel steckte: »Wenn Sie sich bewegen würden, wäre es mir nur recht.«

Keiner der Männer rührte sich.

»Waffen weg!«

Sie gehorchten.

»Aufstehen! Hände hoch!«

Die drei erhoben sich – Deakin und Claremont mit erhobenen Armen. »Haben Sie nicht gehört?« schnauzte Banlon Marica an.

Sie schien ihn wirklich nicht zu hören. Fassungslos starrte sie auf den toten Rafferty hinunter. Banlon hob das Gewehr: »Ich sag's nicht noch einmal, Lady!«

Wie in Trance hob sie langsam die Arme. Banlon wandte seine Aufmerksamkeit wieder Deakin zu, und deshalb entging ihm, daß sich Maricas erhobene rechte Hand langsam hinter eine der hängenden Petroleumlampen schob. Falls Deakin die verstohlene Bewegung gesehen hatte, ließ er sich jedenfalls nichts anmerken. Maricas Finger schlossen sich langsam um die Lampe.

Banlon sagte: »Ich weiß nicht, warum Sie das Laken mitgebracht haben, aber es kommt wie gerufen. Los, klettern Sie auf die Holzscheite und winken Sie damit!«

Marica nahm die Lampe vom Haken und schleuderte sie nach vorn. Banlon sah aus dem Augenwinkel, wie das Licht auf ihn zukam. Er drehte sich um und trat zur Seite, aber es war zu spät – die Lampe traf ihn mitten ins Gesicht. Er ließ zwar das Gewehr nicht fallen, kämpfte aber zwei Sekunden lang um sein Gleichgewicht, und zwei Sekunden waren für einen Mann wie Deakin mehr als genug. Er stürzte sich auf Banlon, das Gewehr fiel polternd zu Boden, und Banlon stolperte rückwärts und krachte gegen den Boiler. Deakin packte ihn an der Kehle und schlug seinen Kopf zweimal gegen die Eisenwand.

Zum ersten Mal verzichtete Deakin auf sein Pokerface: als sein Blick auf Raffertys Leiche fiel, wurde sein Gesicht hart und bitter und fast unmenschlich, und zum ersten Mal betrachtete Marica ihn mit Furcht. Deakin wandte sich wieder Banlon zu, der kein Lebenszeichen mehr von sich gab. Aber Deakin wollte kein Risiko eingehen: Noch einmal krachte Banlons Schädel gegen den Boiler. Dann hob Deakin den Mann hoch, schleppte ihn zu der offenen Tür und warf ihn hinaus.

Pearce und O'Brien standen mit der Waffe in der Hand auf der vorderen Plattform des ersten Waggons und trauten ihren Augen nicht, als plötzlich Banlons Körper an ihnen vorbeiflog. Sie starrten einander entgeistert an und zogen sich dann hastig ins Innere des Waggons zurück.

Deakin hatte seine Gefühle wieder unter der gewohnten, undurchdringlichen Maske verborgen. Er wandte sich an Marica: »Sagen Sie es nur. Ich weiß schon. Ich hätte es nicht tun sollen.«

»Warum nicht?« fragte sie ruhig. »Sie sagten doch, Sie könnten ihm nichts beweisen.«

Zum zweiten Mal in dieser Nacht entgleiste Deakins Gesichtsausdruck: Völlig verblüfft starrte er sie an, und dann sagte er: »Vielleicht haben wir mehr gemeinsam, als Sie denken.«

Sie lächelte ihn liebenswürdig an: »Woher wissen Sie, was ich denke?«

Im Tagesabteil der Offiziere hielten O'Brien, Pearce, Henry und der Gouverneur Kriegsrat. Zumindest drei von ihnen. Der Gouverneur hielt ein randvolles Glas Whisky in der Hand und starrte völlig gebrochen vor sich hin.

»Es ist entsetzlich«, stöhnte er. »Entsetzlich! Ich bin ruiniert! O mein Gott!«

O'Brien sagte grob: »Sie fanden es überhaupt nicht entsetzlich, als ich dahinterkam, daß Sie Wahlergebnisse gefälscht und ein Vermögen an Bestechungsgeldern ausgegeben hatten, um Gouverneur zu werden und als sie Nathan und mir vorschlugen, mit Ihnen gemeinsame Sache zu machen. Sie fanden es auch nicht entsetzlich, als Sie Nathan zum Indianeragenten ernannten. Und Sie fanden es nicht im mindesten entsetzlich, die Hälfte unserer Gesamteinnahmen zu verlangen. Ich muß gestehen, mir wird bei Ihrem Anblick ziemlich übel, Gouverneur.«

»Ich hatte nicht damit gerechnet, daß wir es mit solchen Dingen zu tun bekämen«, murmelte der Gouverneur. »All diese Morde! Wie kann sich ein ehrlicher Mann unter solchen

Umständen seinen Seelenfrieden bewahren?« O'Brien schnappte hörbar nach Luft, aber der Gouverneur sprach unbeirrt weiter: »Sie haben mir nicht gesagt, daß meine Nichte als Geisel dienen sollte, falls es mit ihrem Vater Schwierigkeiten gäbe. Und Sie haben mir auch nicht gesagt –«

Pearce fiel ihm ins Wort: »Ich würde Ihnen gern eine ganze Menge sagen. Aber im Augenblick habe ich wichtigere Dinge im Kopf.«

»Sie sind doch angeblich Männer der Tat.« Fairchild versuchte sarkastisch zu klingen. »Warum unternehmen Sie nichts?«

O'Brien sah ihn verächtlich an.

»Was denn, Sie alter Narr? Haben Sie nicht gesehen, daß sie am Ende des Tenders eine Barrikade aus Holzscheiten errichtet haben? Um die zu durchschlagen, brauchten wir eine Kanonenkugel, und abgesehen davon ist es wohl nicht ratsam, sich hinauszuwagen – es sei denn, einer von uns wäre von akutem Lebensüberdruß befallen. Auf anderthalb Meter«, fügte er düster hinzu, »würden sie uns kaum verfehlen.«

»Es muß ja kein Frontalangriff sein. Gehen Sie nach hinten, klettern Sie auf's Dach. Dann können Sie von *oben* angreifen.«

O'Brien dachte nach und sagte schließlich: »Vielleicht sind Sie doch kein solcher Narr.«

Während Deakin sich mit den Kontrollgeräten vertraut machte, schürte Claremont das Feuer, und Marica saß, in eine Plane gewickelt, auf einem Stapel Holzscheite und bewachte durch einen strategisch günstigen Spalt in der Barrikade den vorderen Teil des ersten Waggons. Claremont schloß die Tür der Feuerbüchse und richtete sich auf.

»Es war also Pearce?«

»Jawohl«, sagte Deakin. »Pearce. Wir hatten ihn schon lange in Verdacht. Es stimmt, daß er früher gegen die Indianer gekämpft hat, aber vor sechs Jahren ist er auf die andere Seite gewechselt. Für die Allgemeinheit ist er trotzdem immer noch Onkel Sams Mann, der ein väterliches Auge auf die Reservate hat. Whisky und Waffen. Sehr väterlich!«

»Und was ist mit O'Brien?«

»Gegen den liegt nichts vor. Über seine militärische Karriere ist alles bekannt. Ein guter Soldat, aber menschlich ein Trauerspiel. Erinnern Sie sich an die große Wiedersehensszene in Reese City, als er mit Pearce im Andenken an die guten alten Tage von Chattanooga im Jahre 1863 schwelgte? O'Brien war dort, das stimmt, aber Pearce war mehr als tausend Kilometer entfernt – er war Scout bei einer der sechs Kavallerie-Kompanien, die das spätere Nevada auf die Beine gestellt hatte. O'Brien ist keine Spur besser als Pearce.«

»Gilt das auch für den Gouverneur?«

»Allerdings. Er ist schwach und geldgierig und ganz groß im Manipulieren.«

»Wird er auch an den Galgen kommen?«

»Aber sicher.«

»Sie haben sie alle verdächtigt, nicht wahr?«

»Das ist meine Art. Und mein Job.«

»Warum nicht auch mich?«

»Sie wollten nicht, daß Pearce mitfuhr. Das machte Sie unverdächtig. Aber *ich* wollte, daß er mitfuhr. Und daß ich Gelegenheit bekam mitzufahren, erreichte ich ja ohne Schwierigkeiten mit Hilfe der ausgezeichneten Steckbriefe, die der Geheimdienst lieferte.«

»Sie haben mich an der Nase herumgeführt. Die Regierung oder die Armee hätte mich ebensogut ins Vertrauen ziehen können.«

»Niemand hat Sie an der Nase herumgeführt. Als ich in diesen Zug stieg, wußte ich über die Vorgänge im Fort nicht mehr als Sie.«

»Aber jetzt wissen Sie mehr.«

»Ja, jetzt weiß ich mehr.«

»Deakin!« Deakin wirbelte herum und seine Hand fuhr zu der Waffe an seinem Gürtel. »Ein Colt ist auf die kleine Lady gerichtet, seien Sie also schön artig, Deakin.«

Deakin befolgte den Rat. Pearce saß auf dem Dach des ersten Waggons und grinste häßlich.

Deakin achtete sorgfältig darauf, keine verdächtige Bewegung zu machen, was doppelt ratsam schien, als dicht hinter Pearce O'Brien mit einer Pistole in der Hand auf dem Dach auftauchte. Deakin rief: »Was verlangt ihr von mir?«

»So ist es brav, Mr. Geheimagent«, lobte Pearce. »Halten Sie den Zug an.«

Deakin wandte sich den Instrumenten zu und sagte leise zu sich selbst: »Halten Sie den Zug an, hat der Mann gesagt.«

Er begann ganz sacht zu bremsen und schloß das Dampfventil. Aber dann bremste er plötzlich mit aller Kraft. Die Räder der Lokomotive blockierten sofort, und die Puffer zwischen den Waggons prallten mißtönend aufeinander.

Den beiden Revolverhelden auf dem Dach verging das Grinsen im Bruchteil einer Sekunde. Pearce stürzte auf die Plattform herunter und erwischte gerade noch rechtzeitig das Geländer, um nicht aus dem Zug zu fallen. Seine Waffe segelte in hohem Bogen davon. O'Brien lag ausgestreckt in Längsrichtung auf dem Dach des Waggons und klammerte sich an einen Entlüfter.

Deakin schrie: »Runter!« Er löste die Bremse, öffnete das Dampfventil weit und sprang mit einem Satz in den Tender. Claremont lag bereits auf dem Boden des Führerhauses, während Marica mit schmerzverzogenem Gesicht auf dem Boden des Tenders saß. Deakin warf einen kurzen Blick über die Holzbarrikade.

Pearce hatte sich hochgerappelt und suchte eiligst Schutz im ersten Waggon. O'Brien hob mit mordlüsternem Gesicht seine Pistole. Deakin hörte den Schuß, das Klirren, mit dem die Kugel auf dem Eisen aufschlug und das Pfeifen des Querschlägers nahezu gleichzeitig. Instinktiv packte er das nächstliegende Scheit und schleuderte es aus der Deckung dorthin, wo er O'Brien zuletzt gesehen hatte.

O'Brien hatte kein Ziel, auf das er schießen konnte, aber das schien ihm auch nicht erforderlich: Ein Querschläger konnte ebenso tödlich sein wie ein direkter Treffer. Und dann verzerrte sich sein Gesicht plötzlich vor Entsetzen: Das Holzstück, das auf ihn zukam, erschien ihm so groß wie ein Baumstumpf. Immer noch an den Entlüfter geklammert warf er sich zur Seite, aber es war zu spät: der Kloben traf ihn mit voller Wucht an der Schulter, und seine Waffe flog davon. Ohne zu ahnen, daß O'Brien keine Waffe mehr hatte, warf Deakin ein Scheit nach dem anderen hinter dem ersten her. Es gelang O'Brien zwar, einigen der Geschosse auszuweichen, aber die Mehrzahl traf doch ihr Ziel. Rückwärts kriechend wie ein Krebs bewegte er sich so schnell er konnte auf das hintere Ende des Daches zu und ließ sich erleichtert auf die rückwärtige Plattform des ersten Waggons hinab.

Deakin stand auf und riskierte einen ersten kurzen und dann einen längeren zweiten Blick nach hinten: Die Luft war rein. Sowohl die vordere Plattform als auch das Dach des ersten Waggons waren leer. Er wandte sich an Marica.

»Verletzt?«

Sie rieb sich ihre Kehrseite. »Nur dort, wo ich mich so plötzlich hingesetzt habe.«

Deakin lächelte und sah Claremont an. »Und Sie?«

»Nein. Nur meine Würde.«

Deakin nickte, drehte das Dampfventil noch weiter auf, nahm Raffertys Gewehr, ging zum hinteren Teil des Tenders und machte sich daran, einen zweiten Spalt in der Barrikade zu schaffen.

Im Tagesabteil wurde wieder ein Kriegsrat abgehalten, und diesmal beteiligte sich auch der Gouverneur daran. Im Augenblick herrschte eine ausgesprochen enttäuschte, wenn nicht gar defätistische Stimmung. Gouverneur Fairchild hielt wieder – oder immer noch – ein randvolles Glas Whisky in der Hand und brütete vor sich hin. O'Brien und Pearce, der gerade eine Flasche auf den Tisch zwischen ihnen zurückstellte, hatten immer noch nicht ganz begriffen, daß es tatsächlich jemandem gelungen war, sie zu überrumpeln. Henry, der ebenfalls ein Glas in der Hand hatte, hielt sich in respektvoller Entfernung und sein kummervoller Gesichtsausdruck hatte sich noch um einiges vertieft.

Pearce sagte grob: »Haben Sie noch ein paar kluge Ideen, Gouverneur?«

»Die Idee war gut, nur mit der Ausführung haperte es – und das lag doch wohl an Ihnen. Oder ist es etwa meine Schuld, daß er schlauer war als Sie? Bei Gott, wenn ich zwanzig Jahre jünger wäre –«

»Sie sind es aber nicht«, fuhr O'Brien ihn an. »Also halten Sie den Mund.«

Henry sagte schüchtern: »Wir haben noch eine Kiste Sprengstoff. Wir könnten –«

»Wenn Ihnen nichts besseres einfällt, halten Sie besser ebenfalls den Mund. Wir brauchen den Zug schließlich noch.«

Die nachfolgende Stille wurde jäh unterbrochen, als mit einem Knall die Whiskyflasche zersprang und die messerscharfen Glassplitter im Abteil herumflogen. Der Gouverneur fuhr sich mit der Hand über die Wange und betrachtete fassungslos das Blut an seinen Fingern. Ein zweiter Knall ertönte, und Pearce' schwarzer Hut flog durch das Abteil. Und plötzlich begriffen sie, was los war. Alle vier warfen sich auf den Boden und krochen in den Gang, der zum Speiseabteil führte. Drei weitere Kugeln schlugen im Tagesabteil ein, aber als die letzte ankam, war es bereits leer.

Deakin zog das Gewehr aus dem Spalt in der Holzbarrikade, stand auf, nahm Marica am Arm und brachte sie ins Führerhaus. Er öffnete das Dampfventil noch ein wenig weiter, hob den toten Rafferty auf, trug ihn in den Tender, bedeckte ihn mit einem Stück Segeltuch und kehrte ins Führerhaus zurück.

Claremont sagte: »Ich glaube, ich gehe jetzt besser wieder auf meinen Posten.«

»Nicht nötig. Heute kommen sie nicht nochmal.« Er sah sich Claremont genauer an. »Nur Ihre Würde ist verletzt, wie?« Er hob Claremonts linken Arm und besah sich die Hand, die heftig blutete. »Reinigen Sie die Wunde mit Schnee, Madam, und verbinden Sie sie dann bitte mit einem Streifen von Ihrem Laken.« Er blickte nach vorn. Der Zug fuhr jetzt mit etwa zwanzig Stundenkilometern – mehr wäre bei den sehr beschränkten Sichtverhältnissen nicht zu verantworten gewesen. Deakin drehte sich um und stocherte lustlos in der Feuerbüchse herum.

Claremont zuckte zusammen, als Marica die Wunde säuberte. Er sagte: »Vorhin auf dem Dach sagten Sie, im Fort würden uns keine Freunde erwarten.«

»Einige schon – aber die sitzen hinter Schloß und Riegel.

Das Fort ist überfallen worden. Von Sepp Calhoun. Wahrscheinlich haben ihm die Paiute geholfen.«

»Indianer! Was haben denn die Indianer davon – außer Vergeltungsmaßnahmen?«

»Eine ganze Menge. Und die Bezahlung für sie, die dieser Zug mit sich führt, ist nicht die erste dieser Art, die sie bekommen.«

»Bezahlung?«

»Im Versorgungswagen. Dr. Molyneux sagte, er wolle die medizinischen Vorräte überprüfen – deshalb mußte er sterben.«

»Mußte?«

»Dieser Zug befördert keine Medikamente. Die betreffenden Kisten sind voll Gewehrmunition.«

Claremont sah zu, wie Marica seine Hand verband. Nach einer langen Pause fragte er: »Und der Reverend?«

»Der Reverend? Ich bin nicht sicher, ob Peabody jemals eine Kirche von innen gesehen hat. Er war seit zwanzig Jahren Agent und seit acht Jahren mein Partner.«

Man sah Claremont deutlich an, daß er glaubte, sich verhört zu haben: »Er war was?«

»Sie haben ihn erwischt, als er einen der Särge öffnete. Sie wissen schon, die Särge für die Opfer der Cholera.«

»Ich weiß wozu die Särge da sind.« Claremont klang gereizt, aber das war vermutlich auf seine Verwirrung zurückzuführen.

»Ich fürchte, ich muß Sie schon wieder enttäuschen. In Fort Humboldt herrscht ebensowenig die Cholera wie hier bei uns. Die Särge sind voller Winchestergewehre, Repetierbüchsen mit Röhrenmagazinen.«

»Nie gehört.«

»Gibt es aber.«

»Wieso weiß ich nichts davon?«

»Nur wenige Leute wissen davon – außerhalb der Fabrik. Die Produktion hat erst vor vier Monaten begonnen, und bislang ist noch keines der Gewehre verkauft worden. Aber die ersten vierhundert wurden aus der Fabrik gestohlen. Doch jetzt haben wir sie ja Gott sei Dank wiedergefunden.«

»Ich fürchte, ich werde eine Weile brauchen, um das alles zu verarbeiten. Was ist mit den Pferdewaggons passiert, Mr. Deakin?«

»Ich habe sie abgehängt.«

»Das dachte ich mir. Aber warum?«

Deakin warf einen Blick auf den Druckmesser. »Moment. Gleich. Wir haben zuwenig Druck.«

Im Speiseabteil, in dem Fairchild und die übrigen ihren dritten Kriegsrat abhielten, konnte sich niemand über zu wenig Druck beschweren – er lastete auf allen. Der Gouverneur, O'Brien und Pearce starrten schweigend vor sich hin, und auch die von irgendwo herbeigeschaffte Flasche Whisky konnte die Stimmung nicht bessern. Henry stocherte mit kummervollem Gesicht im Ofen herum.

Der Gouverneur hob den Kopf. »Nichts? Fällt Ihnen gar nichts ein.?«

»Nichts!« bestätigte O'Brien lapidar.

»Es *muß* eine Lösung geben.«

Henry zog den Schürhaken aus dem Feuerloch und richtete sich auf: »Ich bitte um Vergebung, aber wir brauchen keine Lösung.«

»Schweigen Sie bitte«, sagte O'Brien müde.

Aber diesmal weigerte sich Henry zu gehorchen: »Wir brauchen keine Lösung, weil es gar kein Problem gibt. Die einzige Frage wäre höchstens was passiert, wenn wir ihn nicht aufhalten. Und die Antwort darauf ist ganz einfach: Er fährt weiter, bis er wohlbehalten bei seinen Freunden in Fort Humboldt ankommt.«

Plötzlich wurden die anderen hellwach, und nach längerem, nachdenklichem Schweigen sagte O'Brien langsam: »Bei Gott, ich glaube, Sie haben recht, Henry. Nur weil er weiß, daß wir Waffen an die Indianer verkaufen, haben wir angenommen, daß er alles über uns und unsere *wirklichen* Pläne weiß. Aber das tut er natürlich nicht. Wie sollte er auch? Niemand weiß das. Keiner außer uns hatte Verbindung zum Fort. Ausgezeichnet! Nun, meine Herren, es ist eine abscheuliche Nacht. Ich schlage vor, wir lassen Deakin einfach weiterfahren. Er scheint etwas davon zu verstehen.«

Mit breitem Grinsen griff der Gouverneur nach der Flasche und sagte voller Zuversicht: »White Hand wird ihn sicher herzlich willkommen heißen, wenn wir in Fort Humboldt ankommen.«

White Hand war in diesem Augenblick ziemlich weit vom Fort entfernt und vergrößerte die Entfernung mit jeder Minute. Es schneite immer noch, aber nicht mehr so heftig; und auch der Wind hatte nachgelassen. White Hand und seine dick vermummten Krieger galoppierten ein breites, gewundenes Tal entlang. Der Häuptling wandte den Kopf etwas nach links und blickte nach oben: über den Bergen im Osten wurde der Himmel allmählich heller.

White Hand drehte sich im Sattel um, wies nach Osten und drängte seine Männer ungeduldig zur Eile. Die Paiute beschleunigten ihr Tempo.

Auch Deakin bemerkte, als er sich vor der offenen Feuerbüchse aufrichtete die ersten Anzeichen der Morgendämmerung. Er warf einen Blick auf den Druckmesser, nickte zufrieden und schloß die Feuertür. Claremont und Marica saßen blaß und erschöpft auf den beiden Klappsitzen im Führerhaus. Deakin hatte noch keine Zeit, müde zu sein und fuhr mit seinem Bericht fort.

»Wovon sprachen wir? Ach ja, von den Pferdewaggons. Ich *mußte* sie abhängen. Indianer – höchstwahrscheinlich Paiute unter Führung von White Hand – haben die Absicht, uns aufzuhalten und aus dem Hinterhalt anzugreifen, sobald wir uns dem Nevada Pass nähern. Ich kenne diesen Pass. Sie werden gezwungen sein, ihre Pferde mindestens einen Kilometer vorher zurückzulassen – und ich wollte verhindern, daß sie hier im Zug frische Pferde vorfinden.«

»Aus dem Hinterhalt?« Claremont verstand gar nichts mehr. »Aber ich dachte, die Indianer arbeiteten Hand in Hand mit diesen – diesen Abtrünnigen da hinten.«

»Das tun sie auch. Aber sie nehmen an, daß der Versuch, die Truppenwaggons abzuhängen, fehlgeschlagen ist, und wollen die Sache nun auf ihre Weise regeln. Ich mußte irgendwie erreichen, daß sie das Fort verlassen – andernfalls könnten wir es nie betreten.«

Claremont sagte verwirrt: »Sie nehmen an, daß –«

»Erinnern Sie sich, daß plötzlich der Sender verschwunden war? Ich hatte ihn versteckt! Im Heuverschlag des ersten Pferdewaggons. Als wir heute Nacht anhielten und ich dieses verdammte Feuer in Gang halten mußte, habe ich den Sender zwischendurch benutzt und im Fort dachten sie, ich sei O'Brien.«

Claremont sah ihn lange an. »Sie waren sehr fleißig, Deakin.«

»Aber warum das alles?« Marica breitete hilflos die Hände aus. »Warum wurde Fort Humboldt überfallen? Bloß wegen ein paar Kisten mit Waffen und Munition? Warum wollen die

Paiute den Zug angreifen? Warum wurden so viele Menschen getötet? Was veranlaßte meinen Onkel, O'Brien und Pearce ihr Leben zu riskieren und ihre Karriere aufs Spiel zu setzen –«

»Die Särge kommen nicht leer in Fort Humboldt an, und sie werden es auch nicht leer verlassen.«

»Aber Sie behaupten doch, es herrsche keine Cholera –« sagte Claremont.

»Das ist auch richtig, aber dafür herrscht dort oben eine andere Seuche, die mindestens so ansteckend ist und ebenfalls verheerende Folgen hat. Haben Sie je die Namen Mackay, Fair, O'Brien – er hat nichts mit unserem Freund hinten im Zug zu tun – und Flood gehört?«

Claremont betrachtete seine Hand und sah zu, wie das Blut langsam durch den Verband sickerte. »Ja, aber ich weiß nicht mehr, in welchem Zusammenhang.«

»Es sind die Namen der vier Männer, die zu Beginn dieses Jahres in Comstock auf die große Goldmine stießen. Wir wissen mit Sicherheit, daß bislang bereits für zehn Millionen Dollar Gold gefunden wurde. Und es gibt nur einen Weg, auf dem es nach Osten transportiert werden kann: diesen Schienenstrang. Und dann kommt natürlich noch der reguläre Goldbarrentransport aus den kalifornischen Minen dazu. Beide Transporte *müssen* Fort Humboldt passieren. Ich vermute daher, daß derzeit in Fort Humboldt mehr Goldbarren lagern als irgendwo sonst außerhalb der staatlichen Tresore.«

Claremont sagte: »Nur gut, daß ich bereits sitze.«

»Das ist noch nicht alles. Wie Sie wissen, wird der Gouverneur des Staates benachrichtigt, sobald ein größerer Barrentransport sein Territorium durchquert, und seine Aufgabe ist es, entweder die militärischen oder die zivilen Behörden zu informieren, damit sie die Bewachung des Transports übernehmen. In diesem Fall hat Fairchild niemanden informiert. Niemanden außer O'Brien, der seinerseits Pearce benachrichtigte; Pearce wiederum informierte Calhoun, der die Paiute anheuerte. Alles ganz einfach, finden Sie nicht?«

»Und die Barren sollten in den Särgen transportiert werden?«

»Wie sonst? Können *Sie* sich eine einfachere und risikoärmere Form des Transports vorstellen? Kein Mensch öffnet Särge – schon gar nicht die Särge von Männern, die an Cholera gestorben sind. Wenn nötig könnten diese Särge mit den Goldbarren sogar mit allen militärischen Ehren bestattet werden – natürlich nur, um in der folgenden Nacht wieder ausgegraben zu werden.«

Claremont schüttelte den Kopf. Er war nahe daran zu verzweifeln. »Irgendwo dort draußen erwarten uns die mörderischen Paiute, in den Waggons hinter uns sitzen die Desperados, und in Fort Humboldt erwarten uns Calhoun und seine Überläufer –«

»Machen Sie sich keine Sorgen«, sagte Deakin beruhigend. »Es wird mir schon was einfallen.«

Marica sah ihn mit einem kühl abschätzenden Blick an: »Ich bin *sicher*, daß Ihnen etwas einfallen wird, Mr. Deakin.«

»Es ist mir sogar schon etwas eingefallen.«

9

Der Nevada Pass lag in einer unwirtlichen, kahlen Gegend. Auf der linken, beziehungsweise südlichen Seite ragte eine fast senkrechte Felswand in die Höhe und rechts fiel das Gelände zu einem ausgetrockneten Wasserlauf ab. Der Hang war übersät mit Felsblöcken, die ausgezeichnete Deckung für Menschen boten, für Pferde jedoch viel zu klein waren – die konnte man nur in dem Kiefernwäldchen auf der anderen Seite des Tales verstecken. Als sie das Gehölz erreicht hatten, ließ White Hand seine erschöpften Reiter anhalten.

Er stieg vom Pferd und streckte die Hand aus: »Dort drüben wird der Zug halten. Dort werden wir uns verstecken.« Er wandte sich an zwei seiner Männer. »Die Pferde bleiben hier. Führt sie tiefer in das Gehölz. Sie dürfen nicht zu sehen sein.«

Im Speiseabteil des Zuges war Ruhe eingekehrt: Henry döste neben dem Ofen vor sich hin und Fairchild, O'Brien und Pearce hingen, die Köpfe auf die Unterarme gelegt, über den Tischen und schliefen. Deakin blickte angestrengt durch das Fahrerfenster nach vorn – es schneite immer noch, und die

Sicht war schlecht. Marica war ebenfalls hellwach. Sie zog das Laken zurecht, das so um Colonel Claremont gewickelt war, daß dieser bis auf die Arme von Kopf bis Fuß in Weiß gehüllt war. Deakin winkte ihn heran.

»Wir sind bald am Pass. Ungefähr noch zwei Kilometer. Aber Sie steigen schon einen Kilometer davor aus. Sehen Sie das dichte Kieferngehölz auf der rechten Seite?« Claremont nickte. »Dort werden sie ihre Pferde versteckt haben. Unter Bewachung natürlich.« Er zeigte auf Raffertys Gewehr in Claremonts Händen. »Geben Sie ihnen *keine* Chance!«

Claremont schüttelte langsam den Kopf und schwieg. Sein Gesicht war nicht weniger unerbittlich als das von Deakin.

White Hand und ein zweiter Indianer kauerten hinter einem Felsblock am Hang. Sie blickten hinunter auf die tiefer gelegene östliche Einfahrt zum Pass: Noch war nichts zu sehen. Plötzlich streckte der zweite Indianer die Hand aus und berührte White Hands Schulter. Beide Männer wandten die Köpfe und lauschten: In der Ferne war schwach, aber unverkennbar das Schnaufen und Keuchen einer Lokomotive zu hören. White Hand sah seinen Gefährten kurz an und nickte.

Deakin griff in seinen Mantel und zog die beiden Sprengkapseln hervor, die er im Versorgungswaggon eingesteckt hatte. Die eine Kapsel legte er behutsam in die Werkzeugkiste, die andere behielt er in der Hand und drehte langsam das Dampfventil zu. Augenblicklich verringerte der Zug seine Geschwindigkeit.

O'Brien fuhr hoch, eilte ans Fenster, wischte hastig das Kondenswasser ab und blickte hinaus. Im nächsten Augenblick war er bei Pearce und rüttelte ihn wach:

»Aufwachen! Aufwachen! Wir halten. Nathan, wo sind wir hier?«

»Am Nevada Pass.« Die beiden Männer sahen einander fragend an. Fairchild kam schlaftrunken auf die Beine, trat ans Fenster und fragte verängstigt: »Was hat dieser Satan nun schon wieder vor?«

Er brauchte nicht lange auf die Antwort zu warten: Als der Zug fast ganz zum Stehen gekommen war, zündete Deakin die Sprengkapsel in seiner Hand und schleuderte sie rechts aus dem Führerhaus. Im gleichen Augenblick trat Claremont auf der linken Seite auf die Eisentreppe hinaus, die vom Führerhaus hinunter führte. Pearce, O'Brien, Fairchild und Henry wichen vom Fenster zurück und rissen die Hände hoch, als plötzlich ein greller Lichtschein die Dunkelheit zerriß, und gleich darauf der kurze scharfe Knall einer Explosion ertönte. Die Scheibe blieb ganz, und nach ein oder zwei Sekunden drängten sie sich wieder vor dem Fenster. In der Zwischenzeit hatte sich Claremont auf der linken Seite aus dem Führerhaus fallen und die kurze Böschung hinabrollen lassen. Das weiße Laken erwies sich als vollendete Tarnung. Deakin öffnete das Dampfventil.

Die Verwirrung der vier Männer am Fenster war weit geringer als die von White Hand und seinem Gefährten. Der Häuptling sagte unsicher: »Es kann sein, daß unsere Freunde uns ihre Ankunft mitteilen wollten. Da! Sie fahren weiter!«

»Ja. Und ich sehe noch etwas.« Der andere Indianer sprang auf. »Die Truppenwaggons! Die Waggons mit den Soldaten sind nicht da!«

»Geh in Deckung, du Narr!« White Hand machte im Augenblick nicht im entferntesten den Eindruck eines souveränen Häuptlings: fassungslos starrte er den Zug an, dessen Lokomotive eindeutig nur drei Waggons zog.

»Woher zum Teufel soll *ich* wissen, was er vorhat?« fuhr O'Brien den Gouverneur an.

»Ich bin außerstande, die Pläne eines Wahnsinnigen zu durchschauen.«

Fairchild sagte: »Sie könnten aber versuchen, es herauszufinden, oder?«

Pearce hielt Fairchild einen seiner Revolver hin: »Wissen Sie was, Gouverneur: Sie finden es heraus!«

Der Gouverneur nahm die Waffe. In diesem Augenblick war er eindeutig nicht bei Sinnen. »Das werde ich auch, verlassen Sie sich darauf!«

Er ging mit der Waffe in der Hand nach vorn, öffnete die vordere Tür des ersten Waggons einen Spalt und spähte hinaus. Eine Sekunde später ertönte ein Revolverschuß, und knapp zwanzig Zentimeter neben seinem Kopf schlug eine Kugel in die Wand des Waggons. Fairchild zog sich eiligst zurück und schlug die Türe hinter sich zu: Er hatte seine fünf Sinne jetzt eindeutig wieder beieinander. Am ganzen Leibe zitternd kehrte er in das Speiseabteil zurück.

»Nun, was haben Sie herausgefunden?« fragte Pearce höhnisch.

Der Gouverneur schwieg. Er knallte die Waffe auf den Tisch und griff nach der Whiskyflasche.

In der Lokomotive fragte Deakin: »Wer war's?«

»Mein Onkel.« Marica betrachtete voller Abscheu den immer noch rauchenden Colt.

»Getroffen?«

»Nein.«

»Schade.«

Claremont kroch, immer noch in seinen weißen Tarnanzug gehüllt, langsam bis zum oberen Rand der kurzen Böschung und wagte einen kurzen Blick auf die andere Seite. Der Zug war fast einen Kilometer weiter gefahren. Der Colonel suchte mit den Augen das Flußbett ab, in dem wie am Hang überall Felsbrocken herumlagen, konnte aber kein Anzeichen für die Anwesenheit von Menschen entdecken. Aber das überraschte ihn nicht. White Hand war viel zu erfahren, um seine Gegenwart vorzeitig zu verraten. Claremont blickte über das Tal zu dem fernen Kieferngehölz hinüber. Wenn Deakin recht hatte und Pferde in der Nähe waren, dann wurden sie dort verborgen gehalten, und Claremont stellte Deakins Scharfsinn nicht länger in Frage. Es würde schwierig sein, sich den Bäumen zu nähern, aber nicht unmöglich: Ein schmaler, abzweigender Flußarm führte bis an den Rand des Gehölzes und wenn es ihm gelang, die Sohle dieses ausgetrockneten Grabens ungesehen zu erreichen, dann müßte er für die restliche Strecke eigentlich geschützt sein. Das einzige Risiko lag in der Überquerung des Schienenstranges. Claremont war schon zu lange Soldat, um irgendwelche Gefahrenmomente zu übersehen, aber im Endeffekt beurteilte er seine Chancen, unbemerkt über die Schienen zu kommen, doch als recht gut: Die Aufmerksamkeit des oder der Wachtposten bei den Pferden würde sich nahezu sicher auf den Zug und die versteckten Paiute konzentrieren, und die waren links von ihm und mindestens einen Kilometer entfernt. Darüber hinaus war es immer noch nicht ganz hell, und es schneite nach wie vor. Claremont verlor keine Zeit: Auf Ellbogen und Knien machte er sich daran, die Schienen zu überqueren.

Deakin drosselte das Dampfventil. Marica warf ihm von ihrem Beobachtungsposten am hinteren Ende des Tenders einen kurzen Blick zu. »Halten wir an?«

»Wir fahren nur langsamer.« Er deutete auf die rechte Seite des Führerhauses. »Kommen Sie her und legen Sie sich hier auf den Boden.«

Zögernd kam sie näher. »Sie meinen, es wird geschossen?«

»Zu erwarten, daß sie mit Rosenblättern werfen, wäre wohl etwas unrealistisch.«

Der Zug kroch jetzt nur noch etwa mit fünfzehn Stundenkilometern dahin, aber es war offenkundig, daß er nicht anhalten würde. Das Gesicht des Indianerhäuptlings drückte erst Verwirrung, dann Erbitterung und zuletzt ausgesprochene Wut aus.

»Diese Narren!« tobte er. »Diese Narren! Warum halten Sie nicht an?« Er sprang auf und winkte. Der Zug fuhr weiter. White Hand schrie seinen Kriegern zu, ihm zu folgen. Sie verließen ihre Verstecke und rannten stolpernd den Hang hinunter, so schnell das unebene und schneebedeckte Gelände es zuließ. Deakin öffnete das Dampfventil etwas weiter.

Wieder blickten O'Brien, Pearce, der Gouverneur und Henry fassungslos aus dem Fenster. Pearce sagte: »White Hand! White Hand und seine Krieger! Was hat das zu bedeuten?« Er rannte zur hinteren Plattform, und die anderen folgten ihm dicht auf den Fersen. Als sie angekommen waren, begann der Zug langsamer zu fahren.

Fairchild sagte: »Wir könnten abspringen. White Hand könnte uns Deckung geben und –«

»Idiot!« Wieviel Respekt Pearce einstmals für den Gouverneur seines Staates auch empfunden haben mochte – inzwischen war er jedenfalls auf den Nullpunkt gesunken. »Das ist hier doch genau das, was er will! Bis Fort Humboldt ist es von hier immer noch ganz schön weit.« Er winkte und deutete auf die Lokomotive. White Hand winkte zurück, drehte sich um und schrie einen Befehl. Augenblicklich richtete sich eine größere Anzahl von Gewehren auf das Führerhaus.

Deakin warf sich auf den Boden und der Kugelhagel traf lediglich die Lokomotive. In der anschließenden Feuerpause riskierte er einen kurzen Blick durch die Tür des Führerhauses: Die Indianer luden im Laufen ihre Gewehre nach. Deakin öffnete das Dampfventil wieder ein wenig weiter.

O'Brien fühlte sich zunehmend unbehaglich. »Was zum Teufel hat der Bursche nur vor? Er könnte sie leicht hinter sich lassen, wenn er –«

Er und Pearce starrten einander an.

Claremont, der das Wäldchen unbemerkt erreicht hatte, glitt lautlos zwischen den Bäumen hindurch und schlich sich in einem großen Bogen von hinten an sein Ziel heran: Die Wachen standen am unteren Rande des Gehölzes und beobachteten die Geschehnisse auf der anderen Talseite. Claremonts unerbittlicher Gesichtsausdruck zeigte deutlich, daß der Colonel nicht die geringsten Skrupel hatte, die ahnungslosen Männer von hinten zu erschießen – keiner von ihnen hatte auch nur den geringsten Anspruch auf faire Behandlung.

Alles in allem waren es ungefähr sechzig Pferde, und keines von ihnen war angekobbelt oder angebunden – die Ponies der Indianer waren genauso gut dressiert wie die der US-Kavallerie. Claremont suchte die drei besten Pferde heraus und näherte sich ihnen langsam – alle anderen würde er in die Flucht jagen. Sie wieherten nicht und nur einige warfen ihm uninteressierte Blicke zu.

Die beiden Wachtposten standen unten vor dem Wäldchen und waren von dem Feuergefecht, das fast zwei Kilometer von ihnen entfernt auf der anderen Seite des Tales stattfand, so gefesselt, daß Claremont sich ihnen unbemerkt bis auf zehn Schritte nähern konnte. Er ging hinter einem kräftigen Kiefernstamm in Deckung, lehnte sein Gewehr an den Baum und zog seinen Colt.

Auf dem Zug versuchten Pearce und O'Brien mit wildem Gestikulieren und wiederholtem Deuten auf das ferne Kieferngehölz zu erreichen, daß White Hand mit seinen Männern kehrtmachte. Als der Indianerhäuptling dies endlich begriff, blieb er stehen und bedeutete seinen Männern, das gleiche zu tun. Dann drehte er sich um und wies auf das Kiefernwäldchen.

»Die Pferde!« brüllte White Hand. »Zurück zu den Pferden!« Aber schon nach dem ersten Schritt blieb er abrupt stehen: Die beiden Schüsse waren in der klaren Luft deutlich zu hören. White Hand gab zwei seiner Männer mit unbeweglichem Gesicht ein Zeichen und sie setzten sich in Richtung auf das Wäldchen in Bewegung, beeilten sich aber nicht sonderlich – es war ihnen klar, daß auch sie nichts mehr ändern konnten, wenn sie rannten.

Pearce sagte wütend: »Jetzt wissen wir, warum Deakin die Geschwindigkeit gedrosselt und die Sprengkapsel gezündet hat – er wollte uns ablenken, während Claremont auf der anderen Seite absprang.«

»Was mich beunruhigt, sind die beiden Dinge, die wir *nicht* wissen: *Warum* ist White Hand hier, und woher um alles in der Welt wußte Deakin, daß er hier sein *würde*?« O'Brien schien nichts mehr zu verstehen.

Die Indianer standen mit gesenkten Gewehren fast dreihundert Meter hinter dem Zug und starrten ihm nach. Deakin blickte zurück und öffnete das Dampfventil ein wenig.

»Wir *müssen* ihn aufhalten!« Fairchilds Stimme war deutlich anzumerken, daß er kurz vor einem hysterischen Anfall stand. »Wir müssen, wir müssen, wir müssen. Wir fahren kaum mehr als Schrittgeschwindigkeit. Wir könnten abspringen, zwei Mann auf jeder Seite des Zuges und nach vorn laufen und –«

O'Brien fiel ihm ins Wort: »Und zusehen, wie er uns zuwinkt und abdampft?«

»Glauben Sie wirklich, daß er deshalb so langsam fährt?«

»Warum wohl sonst?«

Claremont hielt die beiden reiterlosen Pferde am Zügel und lenkte sein eigenes Pferd eine schmale Furt hinauf. Vor ihm kamen die durchgegangenen Pferde allmählich zum Stehen. Oben angelangt hielt Claremont sein Pferd an und blickte nach vorn: In weiter Ferne war der Eingang zu einem Tal zu sehen, das nach rechts abzweigte. Die Telegraphenmaste, die aus dem Schnee herausragten, waren deutlich zu erkennen: Es war das westliche Ende des Nevada Passes.

Claremont verzog schmerzlich das Gesicht und betrachtete seine verbundene linke Hand: Der Verband und ein Stück des Zügels waren blutgetränkt. Er gab sich einen Ruck und stieß dem Pferd die Fersen in die Seiten.

Der Zug fuhr jetzt schneller und ließ die Indianer immer weiter hinter sich. White Hand sah den beiden Kriegern, die vom Kiefernwäldchen zurückkamen, unbeweglich und mit ausdruckslosem Gesicht entgegen. Einer der beiden hob stumm die Hände. White Hand nickte und wandte sich ab. Seine Männer sammelten sich um ihn, und schweigend setzten sie sich in Zweierreihen an den Schienen entlang in Richtung Fort Humboldt in Bewegung.

Auf der hinteren Plattform des Zuges sahen Fairchild, O'Brien, Pearce und Henry mit wachsender Nervosität White Hand und seine Männer immer weiter zurückbleiben. Und ihre nervliche Verfassung verschlimmerte sich noch, als sie kurz hintereinander zwei Pistolenschüsse hörten. Fairchild war am Ende seiner Kraft: »Und was sollte das?«

»Das war zweifellos Claremont«, sagte Pearce überzeugt.

»Wahrscheinlich war das das Zeichen für Deakin, daß er die Pferde von White Hand in alle Winde zerstreut hat. Das bedeutet, daß White Hands Männer einen langen Fußmarsch vor sich haben. Und wenn sie endlich in Fort Humboldt ankommen, wird Deakin ihnen einen rauschenden Empfang bereiten.

»Sepp Calhoun ist auch noch da«, sagte der Gouverneur voller Hoffnung.

»Calhoun hat nicht mehr Chancen, mit Deakin fertig zu werden, als meine Großmutter«, sagte Pearce. »Selbst wenn er ausnahmsweise mal nüchtern sein sollte.« Er betrachtete einen Augenblick lang aufmerksam die vorbeigleitende Landschaft und blickte triumphierend in die Runde: »Was habe ich gesagt? Jetzt fährt er schneller!«

Pearce hatte recht. O'Brien sagte: »Wahrscheinlich hat er die Hoffnung aufgegeben, daß wir auf seine Tricks hereinfallen und abspringen.« Er beugte sich über das Geländer und blickte nach vorn. Ein scharfer Knall ertönte, und O'Brien zog blitzschnell den Kopf zurück. Er nahm seinen Hut ab und betrachtete eingehend das gezackt Loch in der Krempe.

Pearce sagte trocken: »In anderer Hinsicht scheint er aber durchaus noch Hoffnung zu hegen.«

In der Lokomotive blickte Deakin durch das Führerfenster nach vorn. Es hatte aufgehört zu schneien. Keine zweihundert Meter entfernt stießen der westliche Ausgang des Nevada Passes und das Tal zu seiner Rechten zusammen, und dort sollte Claremont auf ihn warten. »Festhalten!« sagte Deakin. Er schloß das Dampfventil und bremste scharf. Die Räder blockierten augenblicklich, und zum zweiten Mal prallten krachend die Puffer aufeinander. Die vier Männer auf der hinteren Plattform sahen sich mit einer Mischung aus Furcht und Verwirrung an. Deakin reichte Marica Banlons

Revolver und holte die zweite Sprengkapsel aus der Werkzeugkiste.

Der Zug kam zum Stehen. »Jetzt!« kommandierte Deakin und Marica sprang aus dem Führerhaus, landete mit einem Schmerzensschrei auf der Böschung und überschlug sich mehrere Male. Deakin löste die Bremse, riß den Hebel herum und öffnete das Dampfventil so weit es ging. Sekunden später war er neben ihr.

Es dauerte mehrere Minuten, ehe die vier Männer auf der hinteren Plattform merkten, daß der Zug rückwärts fuhr. O'Brien entdeckte es als erster und beugte sich hinaus. Seine Augen weiteten sich vor Verblüffung, als er sah, daß Deakin von der Böschung aus auf ihn zielte, aber er erfaßte die Situation trotzdem noch so rechtzeitig, daß er der Kugel entgehen konnte.

»Großer Gott«, sagte er, »sie sind abgesprungen!«

»Um Himmels willen! Runter vom Zug!« kreischte Fairchild hysterisch.

O'Brien hielt ihn zurück. »Nein!«

»Mein Gott, Mann, erinnern Sie sich doch, was mit den Truppenwaggons passiert ist!«

»Wir brauchen den Zug! Kennen Sie sich mit Lokomotiven aus, Nathan?«

Pearce schüttelte den Kopf.

»Ich auch nicht. Aber ich will's versuchen.« Er wies nach vorn. »Kümmern Sie sich um Deakin.«

Pearce nickte und sprang von der Plattform. Der Zug fuhr jetzt bereits schneller, und Pearce überschlug sich mehrmals, bevor er am Fuß der Böschung landete. Er stand auf und blickte sich um.

Der immer schneller fahrende Zug war bereits fünfzig Meter entfernt. Pearce blickte in die andere Richtung, wo er gerade noch Deakins Kopf und Schultern sehen konnte. Deakin stützte Marica, so gut er konnte.

»Das hat uns gerade noch gefehlt«, sagte Deakin. »Wo haben Sie sich verletzt?«

»Am Knöchel. Und an der Hand.«

»Können Sie stehen?«

»Ich weiß nicht. Ich glaube nicht.«

»Dann setzen Sie sich.« Er half ihr, sich neben dem Schienenstrang niederzulassen, aber wenn sie damit gerechnet hatte, daß er sich auch weiterhin um sie kümmern würde, wurde sie enttäuscht. Er blickte dem Zug nach und sah, daß er sich bereits mehr als einen halben Kilometer entfernt hatte. Was er nicht sah, war, daß O'Brien über die Holzscheite in den Tender kletterte und gleich darauf mit bedrücktem und unentschlossenem Gesicht vor der verwirrenden Vielzahl von Bedienungs- und Kontrollgeräten stand.

Deakin bückte sich und schob die Sprengkapsel unter eine Schiene dicht neben einer Schwelle. Er bedeckte sie mit Steinen und Erde und ließ nur den Zünder frei.

Marica fragte kühl: »Wollen Sie das Gleis in die Luft sprengen?«

»So ist es.«

»Daraus wird wohl nichts werden.« Pearce kam mit dem Colt in der Hand auf sie zu. Er warf einen kurzen Blick auf Marica, die mit der rechten Hand ihr linkes Handgelenk massierte. »Von einem fahrenden Zug zu springen, ist gar nicht so einfach was?« sagte er ironisch und wandte sich dann an Deakin: »Ihren Revolver, wenn ich bitten darf. Und fassen Sie das Ding am Lauf an, Freundchen.«

Deakin griff in seine Jacke und zog seinen Colt heraus.

Plötzlich sagte Marica hinter Pearce: »Ich hab' auch eine Waffe. Drehen Sie sich um, Marshal. Hände hoch.«

Pearce gehorchte und starrte verblüfft auf den Revolver in Maricas Hand hinunter.

Deakins Finger schlossen sich um den Lauf seines Colts, Pearce, der ahnte, was kommen würde, warf sich zur Seite, so daß der Schlag etwas von seiner Wucht einbüßte. Aber trotzdem stolperte er und fiel zu Boden, und der Revolver entglitt seiner vorübergehend kraftlosen Hand. Er wollte sich über ihn werfen, aber Deakin war noch schneller. Er sprang vor und holte mit dem rechten Fuß aus.

Marica krümmte sich vor Entsetzen, als sie das Geräusch hörte. Sie flüsterte: »Sie haben ihn geschlagen, als er Ihnen den Rücken zuwandte und die Hände erhoben hatte und dann – und dann –«

»Und dann habe ich ihn auf den Kopf getreten. Wenn Sie das nächste Mal eine Waffe auf einen Mann wie Pearce richten, dann achten Sie darauf, daß das Ding entsichert ist.«

Sie starrte ihn an, blickte auf die Waffe in ihrer Hand und schüttelte langsam den Kopf. Dann blickte sie auf.

»Sie könnten sich wenigstens bedanken.«

»Was? Ja, sicher. Danke.« Er blickte die Schienen entlang: Der Zug schwankte bereits bedrohlich. Deakin blickte in die andere Richtung und sah Claremont mit zwei Pferden am Zügel auf sie zureiten.

Auf ein Zeichen von Deakin hielt er die Pferde an und blieb wo er war. Deakin zerrte Pearce ein Stück an den Schienen entlang, ließ ihn schließlich fallen, eilte zurück, bückte sich, steckte den Zünder an, nahm Marica auf die Arme und eilte mit ihr die Böschung hinunter zu Claremont. Dort hob er sie auf eines der Pferde, schwang sich selbst auf das dritte, und gemeinsam ritten sie davon. Nach einiger Zeit hielten sie wie auf Verabredung die Pferde an und blickten zurück.

Die Explosion war erstaunlich leise. Geröll und Erde flogen durch die Luft. Als sich der Staub gelegt und der Rauch verzogen hatte, sah man, daß eine der Schwellen verbogen und ein ganzes Stück der linken Schiene völlig deformiert war.

Claremont sagte unsicher: »Das können sie doch reparieren. Sie können das kaputte Schienenstück abschrauben, herausheben und durch ein Gleisteil ersetzen, das sie hinter dem Zug abschrauben.«

»Ich weiß. Aber wenn ich das Gleis mit einer größeren Sprengladung völlig zerstört hätte, bliebe ihnen nichts anderes übrig, als zu Fuß zum Fort zu laufen.«

»Na und?«

»Auf diese Weise würden sie lebend im Fort ankommen.«

Marica sah ihn entsetzt an.

»Das hieße, daß wir alle sterben würden.«

Maricas Ausdruck veränderte sich nicht.

»Verstehen Sie mich nicht?« fragte Deakins Stimme sanft. »Ich habe keine andere Wahl.«

Marica schauderte und wandte sich ab. Deakin blickte sie mit ausdruckslosem Gesicht an und trieb sein Pferd an. Einen Augenblick später folgten ihm die anderen.

10

O'Brien lehnte sich erschöpft an die Wand des Führerhauses und wischte sich aufatmend den Schweiß von der Stirn. Der Zug fuhr zwar immer noch rückwärts, aber er wurde eindeutig langsamer. O'Brien blickte nach hinten: White Hand und seine Männer waren jetzt kaum noch zweihundert Meter entfernt. White Hands Gesicht spiegelte zuerst Verblüffung und dann Erleichterung wider. Er winkte dem Zug zu, gab seinen Männern ein Zeichen und rannte los. Zwei Minuten später kletterten die Krieger auf den stehenden Zug, während White Hand sich auf die Lokomotive schwang. O'Brien begrüßte ihn, öffnete das Dampfventil, und der Zug setzte sich vorwärts in Bewegung.

»Und die Pferde waren weg?« fragte O'Brien.

»Ja. Alle. Und zwei meiner Männer erschossen. Von hinten! Sie haben uns einen langen Weg erspart, Major O'Brien. Wo ist mein Freund, Marshal Pearce – ich sehe ihn gar nicht.«

»Sie werden ihn gleich sehen. Er ist abgesprungen, weil er etwas Wichtiges zu erledigen hatte.«

O'Brien blickte durch das Fahrerfenster nach vorn, wo der westliche Ausgang des Nevada Passes auftauchte. Plötzlich beugte er sich, um besser sehen zu können, aus der Tür der Lokomotive: Ein Körper lag neben dem Gleis. O'Brien erkannte Pearce und fluchte. Er bremste scharf.

Der Zug kam ruckend zum Stehen. O'Brien und White Hand sprangen ab, eilten nach vorn und blickten mit finsteren Gesichtern auf den blutenden und immer noch bewußtlosen Marshal hinunter. Und dann hoben beide Männer plötzlich gleichzeitig den Kopf und sahen das Ergebnis von Deakins Sabotage.

White Hand sagte leise: »Dafür wird Deakin sterben.«

O'Brien sah ihn lange an und prophezeite dann düster: »Nicht, wenn er dich zuerst sieht.«

»White Hand fürchtet niemanden.«

»Vor diesem Mann solltest du dich aber fürchten. Er ist ein Geheimagent, besitzt die Schläue eines Fuchses und ist vom Glück geradezu verfolgt. Marshal Pearce kann sich glücklich schätzen, daß Deakin nicht beschlossen hat, ihn umzubringen. Komm, wir müssen die Schiene reparieren.«

Unter O'Briens Anleitung brauchten die Paiute nicht mehr als zwanzig Minuten für die Reparatur. Sie arbeiteten in zwei Gruppen – die eine entfernte das verbogene Schienenstück und die andere montierte hinter dem Zug ein Teil aus dem Schienenstrang. Das deformierte Schienenstück wurde die Böschung hinuntergeworfen, und das Ersatzteil von hinten herbeigeschleppt und eingepaßt. Die Schwellen einzubetten und die Spur auszurichten war eigentlich keine Arbeit für Amateure, aber O'Brien hoffte, daß das provisorisch reparierte Gleis trotzdem eine Weiterfahrt ermöglichen würde. Pearce, der am Schienenräumer lehnte, kam langsam wieder zu Bewußtsein; Henry saß neben ihm und betupfte ununterbrochen besorgt seine Wange und Schläfe, die eindrucksvolle Schürfwunden aufwiesen. »Wir fahren los«, verkündete

O'Brien. Die Paiute, Pearce und Henry bestiegen die Waggons, während White Hand und O'Brien auf die Lokomotive kletterten. O'Brien löste die Bremse und öffnete vorsichtig das Dampfventil, während er gleichzeitig ängstlich hinausblickte. Als sie das neue Schienenstück erreichten, senkte es sich leicht aber nicht bedrohlich. Sobald der letzte Waggon die reparierte Stelle passiert hatte, kehrte O'Brien zu den Geräten zurück und öffnete das Dampfventil so weit es ging.

Deakin, Claremont und Marica hatten angehalten, waren aber nicht abgestiegen. Deakin erneuerte hastig den Verband an Claremonts immer noch blutender Hand.

Claremont drängte: »Mann, jede Minute zählt! Wir verlieren kostbare Zeit.«

»Und wir verlieren *Sie,* wenn wir die Blutung nicht zum Stehen bringen.« Er warf einen flüchtigen Blick auf Marica, die vor Schmerz die Zähne zusammenbiß und mit der rechten Hand ihr linkes Handgelenk umklammerte. »Wie geht's?«

»Es geht.«

Deakin sah sie kurz an und wandte sich wieder dem Verband zu. Sie hatten sich kaum wieder in Bewegung gesetzt, als er sie erneut anblickte: Sie war im Sattel zusammengesunken. »Schmerzt Ihr Handgelenk so sehr?« fragte er.

»Nein, mein Knöchel. Ich bekomme den Fuß nicht in den Steigbügel.« Deakin ritt auf die andere Seite ihres Pferdes. Ihr linkes Bein hing neben dem Steigbügel. Er schaute nach oben. Es hatte aufgehört zu schneien und die abziehenden Wolken gaben den Blick auf einen strahlend blauen Himmel frei und über den Bergen ging die Sonne auf. Er wandte sich wieder Marica zu: Sie war kaum noch imstande, sich im Sattel zu halten. Er hob sie zu sich auf den Sattel, ergriff mit der freien Hand die Zügel ihres Pferdes und trieb beide Tiere zu schnellem Galopp an. Claremont, der in kaum besserer Verfassung zu sein schien als Marica, folgte dicht auf. Sie ritten jetzt parallel zu den Eisenbahnschienen. Der Boden war dort eben und beinahe schneefrei, und sie kamen ganz gut voran.

Sepp Calhoun saß, wo er immer saß: auf dem Stuhl des Kommandanten, die Füße auf dem Tisch des Kommandanten; wie gewohnt trank er den Whisky des Kommandanten und rauchte eine seiner Zigarren. Außer ihm war nur noch Colonel Fairchild im Zimmer, der mit auf den Rücken gefesselten Händen auf einem einfachen Holzstuhl saß. Die Tür ging auf und ein schmieriger und sehr dunkelhäutiger Weißer trat ein.

Calhoun fragte freundlich: »Alles in Ordnung, Carmody?«

»Alles in Ordnung. Die Telegrafisten sind mit den anderen eingesperrt. Benson ist am Tor, und Harris ist in der Küche.«

»Gut. Wir haben gerade noch Zeit, was zu essen, ehe unsere Freunde ankommen. Knapp eine Stunde, würde ich sagen.« Er sah Fairchild mit spöttischem Grinsen an. »Die Schlacht am Nevada Pass ist jetzt schon Geschichte, Colonel.« Er lächelte breit. »Ich glaube, das Wort ›Massaker‹ dürfte die Geschehnisse wohl am besten beschreiben.«

Im Versorgungswaggon verteilte Pearce, der sich erstaunlich schnell erholt hatte, Repetiergewehre und Munition an die Paiute, die ihn dicht umdrängten. Von der üblichen Zurückhaltung der Indianer war nichts zu bemerken. Pearce ging mit drei Winchestern unter dem Arm nach vorn und kletterte auf den Tender. Er ging weiter ins Führerhaus der Lokomotive und reichte White Hand eines der Gewehre.

»Ein Geschenk für dich, White Hand.«

Der Indianer lächelte. »Sie halten Ihr Wort, Marshal Pearce.«

Pearce versuchte zu lächeln, wurde aber sofort derart nachdrücklich an seine Verletzungen erinnert, daß er es gleich wieder bleiben ließ. Statt dessen sagte er: »Noch zwanzig Minuten. Nicht mehr als zwanzig Minuten.«

Deakin hatte fünfzehn Minuten Vorsprung vor ihnen. Er hielt kurz die Pferde an und blickte nach vorn. Die Brücke über die Schlucht war noch knapp einen halben Kilometer entfernt; gleich dahinter lag das Gelände von Fort Humboldt. Er half Marica zurück auf ihr eigenes Pferd und gab ihr und Claremont ein Zeichen, vorauszureiten. Er zog seine Pistole aus dem Gürtel und behielt sie in der Hand. In strahlendem Sonnenschein überquerten die Pferde vorsichtig die Brücke, die die Schlucht überspannte, und galoppierten zum Tor hinauf. Benson, der Wachtposten, ein Mann mit stumpfem, dummem und brutalem Gesicht baute sich mit dem Gewehr im Anschlag vor ihnen auf.

»Wer seid ihr?« Seine Stimme klang undeutlich, als habe er zuviel getrunken. »Was wollt ihr in Fort Humboldt?«

»Von *Ihnen* nichts.« Deakins Stimme klang kalt und herrisch. »Zu Sepp Calhoun, aber schnell!«

»Wen bringen Sie da mit?«

»Sind Sie blind? Das sind Gefangene. Vom Zug.«

»Vom Zug?« Benson nickte unsicher – es machte ihm sichtlich Schwierigkeiten, einen klaren Gedanken zu fassen. »Also gut. Kommen Sie mit.«

Benson führte sie über den Hof. Als sie sich der Kommandantur näherten, ging die Türe auf, und Calhoun erschien, in jeder Hand einen Revolver. Er fragte wütend: »Wen, zum Teufel, bringst du da, Benson?«

»Er sagt, sie kämen vom Zug, Boss.«

Deakin achtete weder auf Calhoun noch auf Benson, sondern richtete seine Pistole auf Claremont und Marica: »Absteigen, ihr beiden!« Er wandte sich an Calhoun. »Sind Sie Calhoun? Ich schlage vor, wir unterhalten uns drinnen.«

Calhoun richtete beide Revolver auf Deakin. »Halt, halt! Nicht so schnell, Mister. Wer sind Sie überhaupt?«

Deakin sagte müde und gereizt: »Ich bin John Deakin. Nathan Pearce schickt mich.«

»Das behaupten *Sie*.«

»Die beiden können es bestätigen.« Er wies mit dem Kinn auf Claremont und Marica, die inzwischen abgestiegen waren und sehr mitgenommen wirkten. »Sie sind mein Paß. Mein Geleitbrief. Nennen Sie es, wie Sie wollen. Nathan hat gesagt, ich soll sie als Beweis mitbringen.«

Calhoun schien etwas besänftigt: »Ich hab schon Pässe gesehen, die sich in besserem Zustand befanden.«

»Die beiden wollten besonders schlau sein. Hier, das ist Colonel Claremont, der neue Kommandant. Und das ist Miss Fairchild – die Tochter des derzeitigen Kommandanten.«

Calhouns Augen weiteten sich, sein Mund öffnete sich, und er hätte beinahe die Waffen fallen lassen, aber gleich darauf hatte er sich wieder in der Gewalt. »Das werden wir gleich sehen. Los, hinein.« Er und Benson schoben die drei anderen in das Büro des Kommandanten.

Colonel Fairchild blickte auf. Trotz der gefesselten Hände erhob er sich schwankend.

»Marica! Colonel Claremont!« Marica humpelte durch das Zimmer und umarmte ihn. »Mein Liebes, mein Liebes, was haben sie mit dir gemacht? Und was – was in Gottes Namen machst du hier?«

Deakin sagte zu Calhoun: »Zufrieden?«

»Scheint ja soweit alles zu stimmen – aber von einem John Deakin habe ich noch nie was gehört.«

»Was glauben Sie, wer die vierhundert Winchestergewehre aus der Fabrik gestohlen hat? Um Himmels willen, Mann, hören Sie auf, kostbare Zeit zu verschwenden! Die Dinge stehen schlecht, sehr schlecht! Ihr ach so geschätzter Häuptling hat die Sache verpatzt. Er ist tot. O'Brien ebenfalls. Pearce ist schwer verletzt. Die Soldaten haben den Zug erobert, und wenn es ihnen gelingt, ihn wieder in Bewegung zu setzen –«

»White Hand, O'Brien, Pearce –«

Deakin wies mit dem Kinn auf Benson. »Sagen Sie ihm, er soll draußen warten.«

»Draußen?« Calhoun schien verwirrt.

»Draußen. Es kommt noch schlimmer – aber das ist nur für Ihre Ohren bestimmt.«

Calhoun nickte dem verdutzten Benson zu, und dieser ging und schloß die Türe hinter sich.

Calhoun sagte verzweifelt: »Schlimmer kann es doch gar nicht mehr werden –«

»O doch!« widersprach Deakin, stieß ihm die Mündung seines Colts zwischen die Zähne, nahm ihm beide Waffen ab und reichte eine an Claremont weiter, der sie auf Calhoun richtete. Deakin steckte seinen Colt wieder in den Gürtel, holte ein Messer aus der Tasche, durchschnitt die Fesseln von Colonel Fairchild, der nicht weniger verblüfft war als Calhoun, und legte Calhouns zweiten Revolver auf den Tisch neben dem Colonel. »Nehmen Sie ihn. Sobald ihre Finger wieder gehorchen. Wie viele Männer hat Calhoun? Außer Benson?«

»Wer sind Sie? Wie –«

Deakin packte Fairchild am Rockaufschlag. »Wie viele Männer?«

»Zwei. Carmody und Harris.«

Deakin drehte sich blitzschnell um und stieß Calhoun die

Mündung seines Colts in die Nieren. Calhoun schnappte nach Luft. Deakin wiederholte die Behandlung und sagte lächelnd: »Sie haben das Blut vieler Männer an Ihren Händen, Calhoun, und ich warte sehnlichst darauf, daß Sie mir einen Grund liefern, der mir das Recht gibt, Sie zu töten.« Es war Calhoun deutlich anzusehen, daß er ihm glaubte. »Sagen Sie Benson, daß er, Carmody und Harris sofort zu mir kommen sollen.«

Deakin öffnete die Tür einen Spalt weit und schob Calhoun in die Öffnung. Benson ging nur ein paar Schritte entfernt auf und ab.

Calhoun sagte heiser: »Hol Carmody und Harris. Aber schnell!«

»Was ist los, Boss? Sie sehen aus wie der Tod.«

»Um Himmels willen, Mann, beeil dich.«

Benson zögerte, aber dann rannte er doch los. Deakin schloß die Tür und sagte zu Calhoun: »Drehen Sie sich um.«

Calhoun gehorchte. Deakin, der seinen Colt am Lauf hielt, holte aus und traf Calhoun mit dem Kolben. Der Mann brach ohne einen Laut zusammen. Marica starrte ihn entsetzt an.

»Ersparen Sie mir Ihre Vorhaltungen«, bat Deakins Stimme müde. »Eine Minute später wäre er so gefährlich gewesen wie ein in die Enge getriebenes Raubtier.« Er wandte sich an Fairchild. »Wie viele Leute haben Sie noch?«

»Wir haben nur zehn Mann verloren.« Fairchild massierte immer noch seine Hände. »Die übrigen wurden in ihren Quartieren überrascht. Calhoun und seine Freunde – wir hatten den verdammten Überläufern für die Nacht Schlafplätze zur Verfügung gestellt – töteten die Posten und ließen die Indianer herein. Die Überlebenden sind nicht hier, sondern zwei Kilometer entfernt in einer verlassenen Mine untergebracht, wo sie von Indianern bewacht werden.«

»Das macht nichts. Ich brauche sie nicht. Ich will sie gar nicht hier haben. Eine Schlacht ist das letzte, was ich möchte. Wie fühlen Sie sich jetzt?«

»Sehr viel besser, Mr. Deakin. Was kann ich für Sie tun?«

»Wenn ich das Zeichen gebe, laufen Sie in die Waffenkammer und bringen mir einen Sack Sprengpulver und Zünder. Wo sind die Gefängniszellen?«

»Auf der anderen Seite des Hofes.«

»Und der Schlüssel?«

Fairchild nahm einen Schlüssel von dem Brett hinter seinem Schreibtisch und reichte ihn Deakin, der ihm dankend zunickte, den Schlüssel einsteckte und ans Fenster trat.

Er brauchte nur wenige Sekunden zu warten. Benson, Carmody und Harris überquerten den Hof im Laufschritt. Auf ein Nicken von Deakin hin half Claremont ihm, den bewußtlosen Calhoun so gut es ging auf die Füße zu stellen. Als die drei Männer sich dem Büro des Kommandanten näherten, wurde plötzlich die Tür aufgerissen und Calhoun die Treppen hinuntergestoßen. Benson, Carmody und Harris standen wie vom Donner gerührt da und starrten fassungslos auf ihren Anführer hinunter. Und als sie schließlich aufblickten, schauten sie genau in die Mündung von Deakins Colt. Fairchild rannte quer über den Hof. Deakin befahl den drei Männern, ihren Boss aufzuheben und trieb sie dann vor sich her zu den Zellen hinunter, wobei er mit der freien Hand sein Pferd am Zügel hinter sich herzog. Als er die Zellentür gerade wieder abgesperrt hatte, kam Fairchild mit einem, wie es schien, ziemlich schweren Sack aus einer in der Nähe gelegenen Tür. Deakin war bereits auf sein Pferd gestiegen. Er nahm den Sack, befestigte ihn an seinem Sattelknopf und lenkte sein Pferd quer über den Hof durch das Haupttor nach draußen. Marica erschien, gestützt von dem immer noch sehr geschwächten Claremont, vor der Kommandantur. Gemeinsam mit Fairchild liefen sie so schnell sie konnten zum Tor.

Deakin brachte sein Pferd hinter einem Felsabbruch, der gesprengt worden war, um den Zugang zu der Brücke zu schaffen, in Deckung, stieg ab, warf sich den Sack über die Schulter und ging auf die Brücke zu.

Pearce beugte sich aus dem linken Fenster des Führerhauses und blickte nach vorn. Ein breites Lächeln überzog sein übel zugerichtetes Gesicht.

»Wir sind da!« Jubel klang aus seiner Stimme. »Wir sind fast da!«

White Hand trat zu ihm: Die Brücke war kaum noch einen Kilometer entfernt. White Hand lächelte und tätschelte den Lauf seiner Winchesterbüchse.

Deakin war es in der Zwischenzeit gelungen, zwei große Ladungen Sprengpulver zwischen den hölzernen Brückenpfeilern und den Verstrebungen auf beiden Seiten zu verkeilen. Er hatte kaum die Hälfte des Pulvers verbraucht, das Fairchild ihm gegeben hatte, aber er nahm an, daß die Menge ausreichen würde. Er kletterte an einem hölzernen Strebepfeiler hinauf, warf den halbleeren Sack auf die Schienen und hob vorsichtig den Kopf: der Zug war höchstens noch dreihundert Meter entfernt. Hastig kletterte er wieder hinunter, setzte die Zünder der beiden Sprengladungen in Brand und kletterte ebenso schnell wieder auf die Brücke. Der Zug war jetzt nur noch zweihundert Meter entfernt. Deakin schulterte den Sack und rannte zurück zum westlichen Ende der Brücke.

Pearce und White Hand, die sich auf beiden Seiten aus dem

Führerhaus beugten, sahen Deakin erst in dem Augenblick, als er wieder festen Boden unter den Füßen hatte. Sie starrten einander einen Augenblick lang an, und dann hoben sie gleichzeitig ihre Repetiergewehre. Die meisten Kugeln schlugen in die Erde und einige prallten in Deakins Nähe von den Felsen ab, aber keine traf ihr Ziel, da Deakin im Zickzack rannte, und das Schwanken des Führerhauses jeden präzisen Schuß verhinderte. Sekunden später hatte Deakin den schützenden Felsabbruch erreicht.

»Die Brücke!« schrie Pearce. »Er sprengt die Brücke!« O'Brien schloß mit wut- und angstverzerrtem Gesicht das Dampfventil und bremste scharf. Aber der Zug befand sich bereits auf der Brücke.

Fairchild, Claremont und Marica, dic kcinc zweihundert Meter entfernt waren, blieben wie angewurzelt stehen: Der Zug schien die Brücke unbeschadet überqueren zu können – Lokomotive und Tender hatten tatsächlich bereits wieder festen Boden unter den Rädern. O'Brien, der vor den Kontrollgeräten stand und unverständliche Worte murmelte, merkte, daß er einen Fehler gemacht hatte, löste die Bremse und öffnete das Dampfventil, so weit es ging. Aber es war zu spät: Zwei weiße Flammen schossen fast gleichzeitg hoch, ein zweifacher Donner ertönte, der von einem ohrenbetäubenden Krachen abgelöst wurde, als die Brücke zusammenbrach und in die Schlucht stürzte. Die drei Waggons rissen den Tender und die Lokomotive mit sich in die Tiefe, aber unmittelbar bevor die Lokomotive im Abgrund verschwand, sprangen drei Gestalten mit Gewehren aus dem Führerhaus und landeten auf dem felsigen Boden.

Zitternd aber unverletzt richteten Pearce, O'Brien und White Hand sich auf. Als die drei Männer ihre Repetiergewehre auf ihn richteten, schien Deakin für Sekunden wie gelähmt, aber dann brachte er sich mit einem Sprung in Sicherheit, bevor noch ein Schuß gefallen war – der Schock hatte die Reaktionsfähigkeit der Männer mit den Gewehren stark reduziert.

Fairchild, Claremont und Marica warfen sich flach auf den Boden, als die drei mit den Winchestern im Anschlag näherkamen. Die drei Männer waren jetzt keine fünfzehn Meter mehr von Deakin entfernt und kamen langsam um den Felsabbruch. Zu spät sahen sie, daß er eine bereits gezündete Sprengkapsel in der Hand hielt. Er wartete bis zum allerletzten Moment, dann warf er die Kapsel.

Die Explosion blendete sie sekundenlang und warf sie zu Boden. Dekain rannte um die Ecke des Abbruchs: Rauch und Staub hingen in der Luft, aber er konnte sehen, daß White Hand seine Waffe verloren hatte – er hielt sich beide Hände vor die Augen. Deakin hob das Gewehr und richtete es auf die immer noch völlig verdatterten Männer.

Deakin sagte: »Zwingt mich nicht dazu, als der Mann in die Geschichte einzugehen, der als erster einen anderen mit einer Winchester tötete!«

Pearce, der sich am schnellsten wieder gefaßt hatte, warf sich zur Seite und riß sein Repetiergewehr hoch. Deakin schoß. »Ist sonst noch jemand lebensmüde?« fragte er.

O'Brien schüttelte den Kopf und warf seine Waffe auf den Boden. Seine Augen tränten derartig, daß er kaum etwas sehen konnte.

Fairchild, Marica und Claremont näherten sich den dreien; Claremont hielt ein Gewehr in der verletzten Hand. Deakin, Fairchild und Marica traten an den Rand der Schlucht und blickten hinunter: Weit unten in der Tiefe lagen die zerborstenen und zerfetzten Überreste des Zuges, und oben auf den zermalmten Waggons sahen sie die umgestürzte Lokomotive.

Deakin sagte düster: »Auge um Auge. Nun ja, ich glaube, diejenigen, auf die es ankommt, haben wir – O'Brien, Calhoun und White Hand.« Fairchild klang bedrückt: »Alle bis auf einen.«

Deakin sah ihn an: »Sie – Sie wußten Bescheid über Ihren Bruder?«

»Ich habe es immer vermutet, aber nie gewußt. Er – war er der Anführer?«

»Nein, das war O'Brien. O'Brien hat ihn benutzt. Er hat seine Geldgier und seine Schwäche ausgenutzt.«

»Und was hatte er davon? Den Tod!«

»Für ihn, aber auch für Sie und Ihre Tochter ist es so am besten.«

»Und was wird jetzt?«

»Eine Abteilung Ihrer Männer wird die Pferde holen, die ich auf der Strecke zurückgelassen habe. Eine andere wird die Telegraphenleitung reparieren. Und dann werden wir eine Pioniertruppe und Techniker kommen lassen, die die Brücke wieder aufbauen.«

Marica fragte: »Fahren Sie nach Reese City zurück?«

»Sobald die Brücke repariert ist, und ein Zug das ganze Gold abtransportiert, das in Fort Humboldt lagert. Und diese Fracht werde ich erst aus den Augen lassen, wenn der Zug in Washington angekommen ist.«

»Es wird Wochen dauern, bis die Brücke repariert ist«, sagte Fairchild.

»Das ist anzunehmen.«

Marica lächelte. »Es sieht so aus, als hätten wir einen langen, harten Winter vor uns.«

Deakin erwiderte ihr Lächeln: »Ich glaube nicht, daß er mir so vorkommen wird.«